유즈키 아사코 글
사카구치 유카코 그림
정수윤 옮김

을파소

등장인물

마리

레이

수지

마사치카

에이미

이서 선생님

그웬돌린

유키

지로

모모

매들린

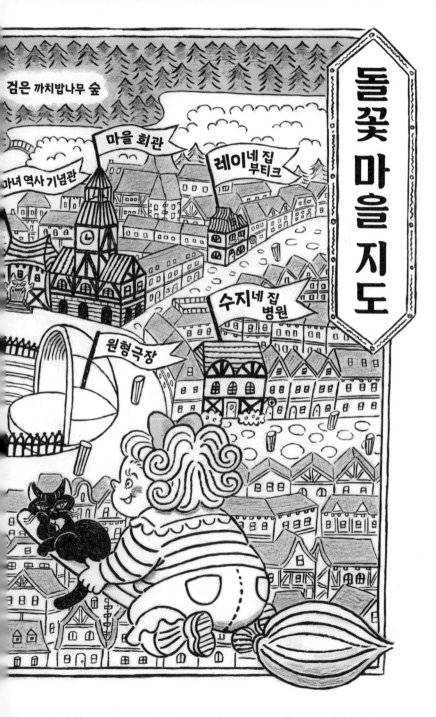

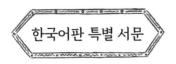

한국의 독자 여러분, 안녕하세요. 이 책을 쓴 작가 유즈키 아사코예요.

저는 어린 시절부터 마녀 이야기를 무척 좋아했고, 그중에서도 마녀 할머니에 푹 빠져 있었어요. 오래오래 살아서 주름이 자글자글하고 혼자서 뭐든지 할 수 있는 유쾌한 할머니가 빨리 되고 싶었습니다.

제가 지금 마흔두 살이니까, 여자아이와 할머니 사이 한가운데를 지나고 있네요. 점점 몸이 쉽게 지치고, 아이와 놀거나 일할 때 외에는 고양이처럼 뒹굴뒹굴하고 있습니다(어른이 뒹굴뒹굴하는 건 게으름을 피운다기보다 기운을 되찾으려는 거예요. 너른 마음으로 이해해 주세요).

아침에 일어나면 반짝이는 흰머리 한 가닥을 찾기도 하고, 얼굴에 못 보던 주름과 기미도 눈에 띄지요. 밤을 새워 일하고 나면, 그새 눈꺼풀이 움푹 파여 눈 밑에 다크서클이 생겨

6

있습니다. 그럴 때마다 거울 속의 제 얼굴에는 수수께끼에 휩싸인 것처럼 무섭고 으스스한 분위기가 서려 있지요. 그 모습이 꼭 동화 속에서 본 마녀 할머니 같아서 왠지 모르게 설렌답니다. 어린 시절 꿈꿨던 제 모습에 점점 가까워지고 있으니까요.

저는 마법을 쓸 수 없지만, 인간으로서는 베테랑이라고 할 수 있는 마흔두 살이기에 어렸을 때보다 상상력이 훨씬 풍부해졌답니다. 예를 들어 빗자루를 타고 하늘을 나는 걸 떠올린다면, 예전에는 '몸이 가볍게 붕 뜨면 얼마나 기분 좋을까? 늘 걸어가는 길이나 학교를 위에서 내려다보면 정말 상쾌하겠지.' 이 정도만 생각했겠지요. 하지만 지금은 더 세세한 부분까지 상상할 수 있어요. 자루를 붙잡고 공중에 뜰 때 밀려오는 두려움과 불안, 높은 하늘의 공기가 의외로 차갑다는 사실, 발뒤꿈치를 디딜 곳 없을 때 드는 기분, 다리로 빗자루를 꽉 조이면 땅기는 허벅지 근육까지 생생하게 그려 볼 수 있습니다. 또 마법으로 고양이와 대화를 나누는 상상을 하면, '고양이가 인간의 말을 하니까, 혀는 평소보다 훨씬 더 재빨리 날름날름 나왔다가 들어가겠지? 수염과 코도 미세하게 움직일 테고, 눈에도 표정이 깃들어 평소와 다른 얼굴일 거야.' 같은 생각까지도 할 수 있지요.

여러분 중에도 마녀가 되고 싶은 사람이 많을 겁니다. 마녀라는 것은 오래전부터 전해진 생활 방식이기도 해요. 인터넷에서 찾아보면, 여러분 주변에도 마녀로 활동하고 있는 어른이 꽤 많다는 걸 발견할 거예요. 그분들께 마녀가 되려면 어떤 공부가 필요한지 물어보세요. 아니면 도서관에 가도 마녀가 되는 방법을 알려 주는 책이나 자료를 얼마든지 훑어볼 수 있답니다.

한편, 저처럼 인간으로 일하면서 이따금 마녀가 되고 싶은 독자분들도 있겠지요. 여러분께는 우선 나이 먹는 걸 기대하셔도 좋다고 전하고 싶어요. 젊음과 작별하고 피부와 머리카락에서 수분이 가시면, 뭐라 말할 수 없이 여유롭고 세련된 분위기를 풍기게 되지요. 생긋 웃으면 얼굴 주름이 한데 모여들어서 아주 행복한 표정이 된답니다. 아주머니와 할머니가 흥겨운 모습을 보면 곁에 있는 모두가 덩달아 설레고, 앞으로

의 미래도 꽤 괜찮을 거라는 기대가 듭니다. 이것은 이미 마법이나 다름없지요.

끝으로, 마리와 절친한 친구 수지와 이서 선생님은 여러분이 사는 나라에 뿌리를 두고 있답니다. 마녀도, 인간도, 뿌리가 다른 친구도, 다른 성별끼리도, 주어진 성별이 힘든 사람도, 다 같이 손잡고 행복하게 함께할 수 있는 미래를 꿈꾸며 이 이야기를 썼습니다. 우리 모두 각자의 마법으로 그런 세상을 이루길 바라요.

차 례

작가 후기

제 1 장

도넛 소동

벽에 걸린 전화가 울렸습니다.

유키 씨가 수화기를 귀에 대자, 이서 담임 선생님의 당황한 목소리가 들려왔습니다.

"어머님들, 당장 학교로 와 주세요. 마리가 또 '곱하기 마법'을 썼거든요."

수화기 너머로 아이들이 까르르 내지르는 소리가 들립니다. 비명인지 환호성인지 구분이 되지 않습니다.

'아아, 어쩌면 좋아. 야단났네.'

유키 씨는 울상이 된 채 전화에 대고 거푸 사과했습니다.

"죄송합니다. 죄송합니다."

수화기를 내려놓은 유키 씨는 식탁에서 밤 수프와 생선 파이를 먹는 아내, 그웬돌린을 돌아보았습니다.

"그웬돌린, 큰일 났어. 마리가 또 학교에서……."

유키 씨가 말을 채 마치기도 전에 부엌에 걸린 깅엄체크 커튼이 크게 펄럭였습니다. 커튼이 원래대로 돌아왔을 때, 그웬돌린은 이미 온데간데없었습니다. 식탁 위에는 밤 수프만이 뜨거운 김을 모락모락 외롭게 피우고 있을 뿐이었지요. 검은 고양이 마사치카가 후다닥 달려와 창틀로 뛰어올랐습니다. 뒤이어 유키 씨가 창밖으로 몸을 내밀고 고개를 드니, 푸른 하늘 저 높이 빗자루를 타고 날아가는 그웬돌린의 믿음직한 뒷모습이 보였습니다.

유키 씨는 잠시 생각에 잠겼다가, 일단 학교로 가서 상황을 살피기로 했습니다. 수프를 끓이던 불을 끄고, 마사치카 앞에 우유 그릇을 내려놓았습니다.

"다녀올게."

유키 씨는 마사치카에게 인사한 뒤 문을 잠그고 밖으로 나왔습니다. 뾰족한 초록색 나무 지붕 꼭대기에 수탉 모양 풍향계가 돌아가는 '그웬돌린 예언의 집' 문 앞에는 '준비 중'이라는 팻말이 걸려 있었습니다. 점심시간인데도 집 앞 돌길을 따라 손님들이 몇 미터나 줄을 서 있네요.

"죄송합니다. 잠시 딸아이 학교에 가 봐야 해서요."

유키 씨가 작은 목소리로 사과하자, 다들 불만스럽게 구시렁구시렁하며 사방으로 흩어졌습니다.

그웬돌린의 예언은 용하기로 소문이 자자해서 먼 마을에서도 손님들이 찾아왔습니다. 얼마나 유명한지 그 집 앞 거리가 '예언 거리'라고 불릴 정도랍니다. 그도 그럴 것이, 그웬돌린은 찾아오는 손님들의 미래를 아주 정확하게 내다봤습니다. 길 건너 과일 가게 아저씨는 그웬돌린의 예언에 따라 그날 멜론을 몇 개 들여올지 정했고, 이웃집 리 씨는 점괘를 듣고 아프기 전에 병원을 찾은 덕분에 배 속에서 징그러운 덩어리를 찾아낼 수 있었습니다.

그웬돌린이 멋진 마녀라는 건 누구나 다 인정합니다.

숱 많은 쪽빛 머리카락은 풍성하게 물결쳤고 몸집은 유키 씨보다 두 배쯤 더 컸습니다. 태도는 당당했으며, 쓸데없이 웃지 않고, 장난을 치는 일도 없었습니다. 나직한 목소리는 듣는 사람의 온몸 구석구석에 스며들어 마음속 깊은 곳까지 어루만졌습니다. 차분한 눈빛은 별이 저문 밤하늘 색을 띠고 있고요. 유키 씨는 마녀 학교 1학년 때 이런 그웬돌린을 보자마자 첫눈에 반했습니다.

"그에 반해, 나는……."

유키 씨는 한숨을 내쉬며, 마녀 학교를 다닐 때부터 타고 있는 녹슨 자전거의 받침대를 차올렸습니다. 유키 씨는 유서 깊은 마녀 집안에서 태어났지만, 빗자루조차 타지 못했습니다. 잠깐 공중에 떠올랐다가도 금세 발이 땅바닥에 툭 닿아 버렸지요. 어머니 모모가 물려준 빗자루는 청소할 때만 씁니다. 조상 대대로 내려온 귀한 빗자루를 말이죠. 마른 몸과 작은 키 탓에 엄마가 된 지금도 여자아이라는 오해를 받습니다. 목소리를 아무리 크게 내어도 속삭이는 것처럼 들렸지요. 무엇보다 무른 성격이라, 이렇게 자전거

15

를 타고 달려가는 와중에도 엉엉 울고 싶은 기분입니다.

유키 씨의 자전거는 완만한 언덕을 따라 난 예언 거리를 내달려 돌꽃 광장을 가로질렀습니다. 길가 여기저기 솟아 있는 '소금 기둥'에 부딪히지 않기 위해 몸을 좌우로 요리조리 기울여야 했습니다. 마을의 모든 길은 이 광장 중심으로 이어져 있습니다. 시계탑과 마을 회관과 마녀 역사 기념관 앞에는 돌로 지은 사발 모양의 야외 원형극장이 있습니다. 여기서 축제와 음악회가 계절마다 열리지요. 가장 눈길을 끄는 건 광장 한복판에 솟은 돌꽃 동상입니다. 이 마을의 어떤 건물보다도 높은 돌꽃은 곧게 뻗은 긴 줄기 끝에 꽃잎이 잔뜩 달려 있었습니다. 꽃 정가운데의 수술과 암술은 하늘을 향하고 있고요. 전부 돌로 이루어진 이 커다란 꽃은 마녀가 인간과 함께 살게 된 역사가 깃든 동상이랍니다. 그 이야기는 잠시 뒤에 하지요.

'어라?'

얼굴에 무언가 스치는 느낌이 들어서, 유키 씨는 자전거를 세우고 하늘을 올려다보았습니다. 맑게 갠 가을 하늘입니다. 뺨을 만지니 모래알 같은 게 붙어 있었습니다. 고개를 돌려 옆을 보았지만, 돌꽃 동상이 언제나처럼 '길가에 아슬랑거리는 사람 따위에는 요만큼도 관심 없어요.'라고 말하듯 고개를 하늘 높이 치켜들고 있었습니다.

"설마."

유키 씨는 중얼거리며 다시 페달을 밟았습니다.

광장을 지나자, 강 너머로 검은 까치밥나무 숲이 보이기 시작했습니다. 마을 아이들은 그 숲속을 뛰어다니며 앞치마와 바구니 한가득 까치밥나무에서 열리는 구즈베리와 버섯을 따 모으면서 자랐어요. 몸에 안 좋은 버섯을 먹어 배탈이 나더라도 이 참에 배우는 거지요. 다들 자유롭게 마음껏 이곳을 돌아다닐 수 있답니다. 하지만 어른들은 숲속에 있는 '매들린의 성'만큼은 되도록 빨리 지나치라고 늘 잔소리했습니다. 성처럼 생긴 그 오래된 탑에는 마녀 매들린이 까마귀며 박쥐 들과 함께 산다고 해요. 유키 씨도 오래전 그 마녀가 무슨 나쁜 짓을 저질렀는지 자세히 알지 못합니다. 하지만 어릴 때부터 할머니와 어머니로부터 매들린하고는 말도 섞지 말라는 충고를 들으며 자랐습니다. 실제로 이따금 까마귀와 박쥐를 거느리고 마을로 내려와 빵이나 잡지를 사 가는 매들린은 듣던 대로 눈초리부터 매우 심술궂어 보였습니다. 머리털은 마구 헝클어졌고, 누더기처럼 기운 망토는 구깃구깃했으며, 태도는 퉁명스럽기 그지없고, 기다란 손톱은 누렇고 갈라져 있었습니다. 그야말로 멋지지 않은 마녀 그 자체였지요. 유키 씨의 할머니가 젊었을 때는 그런 마녀가 꽤 많았다고 합니다. 유키 씨는 다들 그렇게 말한다면 틀린 소리는 아니라고 생각해서 딸 마리에게도 매들린을 가까이하지 말라고 신신당부했습니다. 강물을 따라 자전거를 타고 달리니 바람을 타고 달콤한 향기가 흘러와 유키 씨의 코끝을 간질였습니다.

돌꽃 초등학교에 다가갈수록 향이 더욱 짙어지면서 고소한 기름 냄새가 났습니다. 유키 씨의 불안한 예감은 점점 더 현실로 다가왔습니다. 자전거가 정문 앞에 다다를 무렵, 지름 100미터가량의 둥글고 거대한 무언가가 학교를 온통 뒤덮은 모습이 보였습니다. 반들반들한 기름과 반짝이는 설탕 알갱이가 잔뜩 들러붙은 촉촉한 갈색 표면은 햇빛이 닿는 곳마다 무지개색으로 빛났습니다. 아이들은 그 위로 기어올라 미끄러지기도 하고, 거죽을 발로 꾹꾹 누르기도 하고, 바삭바삭한 부분을 이로 깨물기도 하고, 깊숙이 손을 찔러넣어 용암처럼 붉고 끈적끈적한 것을 바깥으로 넘쳐흐르게 만들기까지 했습니다. 아이들이 까르르까르르 자지러지는 소리가 어쩌나 시끄러운지 유키 씨는 귀를 막고 싶은 심정이었습니다.

"저건 급식으로 나온 잼 도넛이에요."

또랑또랑한 목소리에 유키 씨가 뒤돌아보니, 호리호리하고 키가 큰 아이가 빗자루를 손에 들고 서 있었습니다. 끝이 뾰족하고 챙이 넓은 모자, 펄럭이는 망토, 그리고 발목까지 내려오는 검은 드레스가 잘 어울렸습니다. 반지르르 찰랑거리는 초록색 머리카락과 커다란 보라색 눈동자가 다정한 분위기를 자아내면서도 저녁노을처럼 수수께끼로 가득했습니다. 꼭 다문 입술에는 눈동자 색과 똑같은 보라색 립스틱을 칠했고, 야무진 얼굴이 똑똑해 보였습니다.

아쉽지만 이 아이는 주인공 마리가 아니라, 마리와 가장 친한 친구 레이랍니다. 올해로 열한 살이 된 여자아이이지요. 마녀를 아주 좋아해서 취미로 이런 차림을 하고 다니지만, 마법은 쓸 줄 모릅니다.

"마리를 혼내지 마세요. 잼 도넛은 마리가 제일 좋아하는 음식이라 살짝 크게 만들었을 뿐이거든요."

"하아, 그렇구나……. 레이, 마리는 어디 있니?"

레이가 가리킨 쪽을 본 유키 씨는 낮게 한숨지으며 허둥지둥 도넛을 붙잡았습니다. 기름과 설탕이 묻은 찐득한 표면 때문에 손바닥이 금세 끈적해졌습니다. 그때, 기운찬 목소리가 쩌렁쩌렁 울렸습니다.

"유키 엄마 왔네! 대단하지!? 이거 전부 마리 혼자서 해냈어!"

거대한 잼 도넛 꼭대기에 딱 들러붙어 앉은 채, 입 주변에 잼을 잔뜩 묻

히고 깔깔 웃고 있는 여자아이. 이 아이가 바로 유키 씨와 그웬돌린의 외동딸 마리입니다.

몸을 따뜻이 하라고 그렇게 일렀는데도, 줄무늬 스웨터에서 둥근 배가 뽈록 튀어나와 커다란 배꼽이 다 보입니다. 무늬가 다른 짝짝이 양말은 오늘도 단정치 못하게 끝이 축 늘어나 있고요. 분홍색 머리카락은 빙글빙글 소용돌이 모양으로 흘러내리고, 크고 빨간 눈동자는 환하게 불타오르고 있지만, 마리의 진짜 머리카락과 눈동자 색깔은 유키 씨에게서 물려받은 갈색입니다. 마리는 그날그날 기분에 따라 마법으로 머리색과 눈동자 색을 바꿔서 요즘은 유키 씨도 원래 무슨 색이었는지 헷갈릴 정도입니다. 아기 때부터 변함없이 통통하고 동그란 볼에 팔다리에도 살이 오른 여자아이. 너무나 귀엽고 세상 무엇보다 소중한 외동딸. 유키 씨는 그런 마리가 돌꽃 마을에서 미움이라도 살까 봐 밤잠을 설치곤 했습니다.

"제가 말했어요. 학교에서 마법을 쓰면 안 된다고, 마리한테 몇 번이나 충고했다고요!"

유키 씨 곁에서 입술을 삐죽거리며 쏘아붙이고 있는 이 아이는 마리네 옆 반의 마녀 에이미입니다. 이 학교에는 한 반에 한 명꼴로 마녀 학생이 다닌답니다. 우등생인 에이미는 푸른 머리칼을 양 갈래로 질끈 묶었으며, 눈썹은 짙고 야무졌습니다. 나쁜 아이는 아니지만 모두와 사이좋게 지내려고 너무 애쓰는 나머지 잔소리가 심한 편입니다. 에이미는 예전부터 마리가 걱정되어 죽겠는지 항상 주변에서 서성대고 있어요.

"마리, 내려와!"

유키 씨는 에이미 옆에서 소리쳤지만, 여전히 작은 목소리라 마리의 귀에 전혀 들리지 않는 모양이었습니다. 목소리가 컸다고 한들, 도넛에 개미 떼처럼 붙은 아이들이 왁자지껄 먹고 떠드는 통에 시끄러워서 소용없었을 겁니다. 유키 씨는 한 번 더 외쳤습니다.

"마리, 그만하고 내려오라니까!!"

그 순간, 운동장을 뒤덮은 도넛이 흔적 하나 없이 사라졌습니다. 무리 지어 있던 아이들은 허공에 두둥실 뜨더니, 어리둥절한 표정으로 한 명씩 소리 없이 운동장에 내려앉았습니다. 모래 먼지 속에서 누군가가 모습을 천천히 드러냈습니다. 바로 한발 먼저 도착한 그웬돌린이었지요. 두툼한 손에는 은색 지팡이가 들려 있었습니다. 레이는 넋을 잃고 그 광경을 바라보았습니다. 그웬돌린처럼 모두로부터 존경을 받는 마녀가 되는 게 레이의 꿈이었으니까요. 저기 뒤에서 종종걸음으로 다가오는 사람은 담임인 이서 선생님이랍니다. 젊은 이서 선생님은 아이들에게 언니와도 같았습니다. 키가 크고 늘씬했으며, 긴 머리칼을 하나로 묶어 넘겨서 반짝반짝 빛나는 이마가 늘 환하게 드러났지요.

"어머님들, 걱정을 끼쳐서 죄송합니다. 교사인 제가 제대로 살피지 못한 탓이니 마리를 너무 꾸짖지 마세요. 덕분에 저희 반은 점심시간 동안 원주율과 곱셈 공부도 했답니다. 그렇지? 수지야."

"네, 지름 8센티미터의 잼 도넛이 마리의 마법으로 일초당 두 배씩 커졌거든요."

어느새 컴퍼스와 자를 손에 든 수지가 이서 선생님 옆에 서 있었습니다. 수지는 두꺼운 안경알 너머로 동그란 눈동자를 반짝이며 말을 이었습니다.

"그러면 잼 도넛은 일 분만에 120배나 커지고, 순식간에 960센티미터가 되죠. 교실 폭이 가로세로 10미터니까, 십 분만 지나면 교실에 있는 건 책상이고 의자고 모조리 찌부러진다는 계산이 나와요. 다들 깔리고 싶지 않으면 밖으로 도망치라고 지시한 게 바로 저랍니다! 점점 부풀어 오르는 도넛을 반 아이들이 모두 힘을 합쳐 타이어처럼 굴려서 비상계단을 통해 운동장으로 빼자고 제안한 것도 물론 저예요."

수지도 마리와 절친한 친구입니다. 레이까지 해서 항상 셋이 함께 다니지요. 수지는 운동은 별로 못하지만, 반에서 머리가 제일 좋은 데다가 특히 수학을 아주 잘합니다. 커서 수학자가 되는 게 수지의 꿈이라고 합니다.

"수지야, 정말 고마워."

한숨 섞인 말투로 유키 씨가 말했습니다. 수지랑 레이가 마리와 가깝게 지내지 않았더라면, 마리는 진작 초등학교에서 쫓겨났을 거예요. 마리가 과학 실험 해부용 개구리를 1,000마리로 늘려 놓았을 때도, 역사 시간에 다룬 옛날 옛적 난폭한 왕과 군대를 교과서에서 끄집어내는 바람에 학교 건물이 병사들 손에 불탈 뻔했을 때도, 레이와 수지가 재빨리 대책을 세워서 일이 크게 번지지 않았습니다.

설탕투성이가 된 채 주저앉은 마리를 내려다보며, 그웬돌린이 엄한 표정으로 말했습니다.

"잘하는 짓이다. 내가 곧장 날아와 곱하기 마법을 멈추지 않았더라면 도넛에 학교가 깔리고 마을이 삼켜질 뻔했어."

유키 씨는 그 광경을 머릿속으로 상상했습니다. 그렇게 엄청난 마법을 쓸 수 있다니, 어쩌면 이 아이는 정말로 대단한 능력을 지닌 게 아닐까요? 사뭇 자랑스러운 기분까지 들었습니다. 거대한 도넛이 학교 담장을 무너트리고, 강물을 건너서, 돌꽃 동상을 꺾는 장면을 떠올리다 보니 피식 웃음이 났습니다. 하지만 그웬돌린의 매서운 눈초리에 얼른 올라간 입꼬리를 내렸습니다.

"이서 선생님, 대단히 죄송합니다. 오늘은 이만 조퇴시킬게요. 마리, 어서 집에 가자."

그렇게 말하며 그웬돌린은 외동딸의 스웨터 목덜미를 잡아끌고 빗자루에 올라탔습니다.

"안녕~ 잘 가."

전교생이 순식간에 하늘 높이 날아오른 마리를 올려다보며 손을 흔들었습니다. 다들 도넛에 마리까지 사라져서 아쉬운 얼굴입니다. 더군다나 지금부터는 졸리기 짝이 없는 오후 수업이 시작하니까요.

"다음에 봐~."

벌써 운동장에서 거의 보이지 않을 정도로 높이 떠 있는 마리도 친구들에게 손을 흔들며 인사했습니다.

유키 씨도 서둘러 자전거에 올라타 하늘로 날아간 식구들을 쫓아갔습니다.

학교 주변에는 도넛에 묻었던 설탕이 잔뜩 떨어져 있어서, 자전거 바퀴가 굴러가며 자글자글 소리를 냈습니다.

그날 밤에는 동그란 보름달이 떠서, 마리는 낮에 만든 잼 도넛이 떠올랐습니다.

"아휴~ 배고파아~."

마리는 자기 방 커튼 틈 사이로 밤하늘을 올려다보았습니다.

"자업자득이지. 학교는 공부하는 곳인데 시간 낭비나 하고 말이야."

검은 고양이 마사치카가 앞발에 든 펜을 잉크에 적시며 말했습니다. 모든 마녀는 어릴 때부터 반려 정령인 검은 고양이와 함께 자라며 서로 돕기 마련인데, 마사치카는 칠칠맞지 못한 마리를 챙기는 일은 뒷전입니다. 대신 항상 무언가를 읽거나 쓰고 있습니다. 왜냐하면 마사치카의 꿈은 소설가가 되는 것이기 때문이지요. 고양이가 주인공인 굉장한 이야기를 쓰고 싶다고 합니다. 그것도 전 세계에 여러 언어로 번역될 소설을요.

옛날부터 많은 소설가가 고양이를 좋아한 덕택에, 고양

이는 유명한 이야기에 아주 많이 등장합니다. 하지만 마사치카는 그런 소설가들이 치사했습니다. 고양이들의 근사하고 흥미로운 면모를 다뤄서 인기를 얻었으면서, 정작 고양이를 칭송하는 중요한 말은 빠트렸으니까요. 조만간 어마어마한 베스트셀러를 내놓아서 고양이의 실력을 선보일 작정입니다.

마리의 배에서 꼬르륵 소리가 나는군요. 그 탓에 정신이 흐트러진 마사치카가 작은 송곳니를 드러내고 카악~ 소리를 뱉으며 으르댔습니다. 이제 막 용감한 고양이들이 단결해서 구두쇠인 생선 가게 주인과 전쟁을 벌이는 명장면을 쓰는 중이었거든요.

그렇지만 어쩔 수 없습니다. 오늘 마리는 저녁밥을 한 입밖에 먹지 못했단 말이에요. 식사 시간 내내 그웬돌린 엄마한테 꾸중을 듣느라 스튜에 손을 댈 틈도 없었습니다.

"제일 큰 문제는 이거야."

드디어 잔소리가 끝났나 싶었을 때, 그웬돌린 엄마의 목소리가 변했습니다. 마리는 또다시 시작인가 싶어 아예 녹

초가 되었습니다.

"곱하기 마법을 쓴 이유가 뭐냐는 거지. 마리 너, 다른 아이들하고 나눠 먹으려고 도넛을 크게 만든 건 아니잖아?"

"응. 그냥 좀 더 컸으면 좋겠다 싶었어. 난 도넛 하나 가지고는 도무지 성에 안 차니까."

마리가 대답하자, 그웬돌린 엄마의 눈빛이 한층 더 무시무시해졌습니다.

"마리, 넌 마법 주문을 빠르게 외우고 힘도 강력해. 그건 아주 훌륭해. 하지만 그렇게 위대한 힘은 인간을 위해 써야 해. 모두에게 도움이 되는 마녀가 되어야지."

"왜 나를 위한 마법을 쓰면 안 돼?"

자기 자신을 위해 마법을 사용하는 일이 마녀의 규칙으로 금지된 것은 아닙니다. 그러나 마리의 친척도 주위 마녀들도 어째선지 자기 자신을 위해 마법을 쓰는 일은 거의 없다시피 했습니다.

"적당히 하렴, 마리. 중요한 이야기니까 잘 들어. 오래전, 마녀는 인간으로부터 몹시 미움받았어. 인간과 마녀는 사는 곳도 달라서, 무슨 문제가 생기면 인간은 그걸 전부 마녀 탓으로 돌렸지. 오늘날처럼 모두 함께 살게 된 건 모모 할머니와 그 위 세대 마녀들이 열심히 고생한 덕택이야. 네가 지금 걱정 하나 없이 즐겁게 지낼 수 있는 건 할머니 마녀들이…….”

거기서부터 그웬돌린 엄마의 길고 긴 마녀 역사 이야기가 시작되었습니다. 귀에 딱지가 앉을 정도로 자주 들었지만, 마리의 머릿속에는 하나도 안 들어왔습니다. 유익한 이야기인 것은 이미 잘 알아요. 마리는 예언 거리를 빠져나와 동쪽으로 조금만 걸어가면 나오는 훌륭한 저택에 사는 모모 할머니와 지금은 침대에 누워 계신 스즈 증조할머니도 좋아합니다. 다만 할머니들이 등장하는 옛이야기는 너무 지루하고, 알아듣기 어렵고, 심지어 우울하기까지 해서 나중에는 내 알 바 아니라는 기분까지 들었어요. 레이가 들려주는 마녀 이야기는 가슴이 뛰고 머리에 쏙쏙 들어오는데 말입니다.

‘그래, 내일 레이한테 똑같은 얘기를 해 달라고 하자.’

"오늘은 이만 방에 들어가렴. 깊이 반성하도록 해."

그렇게 방에 틀어박힌 지 한 시간이 지났습니다. 마리는 하릴없이 창틀에 턱을 괴고 밤하늘을 올려다보았습니다. 그러자 저 멀리에서 무언가가 반짝였습니다. 한 번이 아니네요. 반짝반짝. 눈을 부릅뜨니 수많은 별에서 끊임없이 빛나는 가루가 홀홀 떨어져 내렸습니다. 마치 눈에 보이지 않는 당구공이 별과 별 사이를 이리저리 굴러다니다 세게 부딪쳐서 별들을 깨트리는 것만 같았습니다.

'저건 별 가루인가?'

별에서 쏟아진 모래가 밤바람을 타고 살랑살랑 떨어져 내렸습니다. 마리가 창밖으로 몸을 쭉 빼고 한동안 어둠 속에 두 손을 펴고 있으니, 손바닥이 반짝반짝 빛나기 시작했습니다.

그때, 조심스럽게 방문을 노크하는 소리가 들렸습니다. 마리는 서둘러 밖으로 뻗은 손을 집어넣고 별 가루를 머리카락에 문질렀습니다. 혼자였기에 머리카락과 눈동자 모두 원래대로 색깔이 돌아와 있었답니다.

"배고프지? 그웬돌린한테는 비밀이야."

방문을 열자, 유키 엄마가 오븐용 장갑을 낀 두 손으로 옹기솥을 들고 서 있었습니다. 뚜껑을 여니 훈훈한 김 아래로 뜨거운 치즈와 크림소스가 엿보이고, 그 속에 샛노란 밤과 통통한 버섯이 반쯤 잠겨 있었습니다. 유키 엄마표 가을 그라탱입니다. 마리가 작게 탄성을 내지르자, 유키 엄마가 쉿 하고 검지를 입술에 갖다 댔습니다. 책상에 냄비를 올려놓은 뒤, 치즈를 길게 늘인 포크를 입으로 가져간 마리는 방긋 웃었습니다. 검은 까치밥나무 숲에서 낙엽을 밟으며 걸을 때처럼 짙은 향기가 가슴속으로 스며들었습니다. 육두구 내음이 감도는 꼬들꼬들한 버터 밥은 또 얼마나 맛있는지요.

"굉장해. 숲속 향기가 나. 유키 엄마가 부린 마법이야~."

"마법일 리가 없잖니. 누구나 만들 수 있는 평범한 요리인걸."

유키 엄마는 당황한 투로 말했습니다. 유키 엄마는 자신이 그웬돌린 엄마처럼 마법으로 큰 도움을 주는 마녀가 아니라는 사실에 대해 꽤 신경 쓰고 있습니다. 하지만 마리 눈에는 유키 엄마도 훌륭한 마녀입니다. 매일매일 감탄이 나올 정도로 맛있는 밥과 반찬을 만들고, 이 작은 집을 마음이 푹 놓이는 공간으로 정돈하니까요. 무엇보다도 유키 엄마는 좋은 냄새가 나고 체온이 높아서 같이 있는 것만으로 가슴이 따스해지고 편안해집니다.

"나는 마법 같은 거 못 부려. 그나마 할 줄 아는 건 청소 나 요리지."

마법 학교 시절, 유키 엄마는 성적이 뒤떨어지는 학생은 전혀 아니었습니다. 그저 타고난 체력이 약해서 마법을 조금만 써도 몇 시간이고 몸져누울 정도로 지친다고 합니다. 하지만 모모 할머니와 스즈 증조할머니가 유서 깊은 마녀 집안 출신이라, 다들 말만 안 했지 유키 엄마를 볼 때마다 실망스러운 표정을 감추지 못했습니다. 기껏해야 마리 또 래밖에 안 됐던 유키 엄마는 매일 사라지고 싶다는 슬픔에 휩싸였다고 합니다. 하지만 어느 순간 인생이 확 바뀌었다 고, 유키 엄마는 황홀한 표정으로 말을 이었습니다.

"그웬돌린은 정말 대단해. 가난하고 이름 없는 가문에서 태어나 고생하며 살았지만, 남들에게는 그걸 내색하지 않아. 늘 최선을 다해서 마녀 학교에서 금세 최고 성적을 거두고 다들 우러러보는 학생이었지. 그웬돌린이 나 같은 사람을 선택해 줘서 얼마나 기뻤는지 몰라."

마리는 그웬돌린 엄마도 유키 엄마를 만나 기뻤을 거라고 생각했지만, 유키 엄마가 꿈꾸는 듯한 눈빛으로 입가에 미소를 띠고 있었기에 아무 말도 하지 않았습니다.

"그웬돌린이 엄하긴 해도, 이게 다 마리의 힘을 믿기 때문이야. 마리가 자기처럼 훌륭한 마녀가 될 거라고 기대하고 있거든. 그러니까 너무 속상해하지 말고, 오늘은 일찍 자렴."

유키 엄마는 마리를 꼭 껴안고 침대에 눕힌 뒤 해님 향기가 나는 이불을 덮어 주었습니다. 그리고 배 쪽을 가볍게 톡톡 두드리고는 방을 나갔습니다.

속상할 리가 없어요.

내일은 토요일이고, 수지랑 레이랑 돌꽃 광장에 놀러 가기로 했거든요. 마리는 누가 뭐라고 해도 올해 돌꽃 축제에서 주인공이 되기로 결심했습니다. 마사치카도 그제서야 책을 덮은 뒤, 마리 옆구리를 파고들며 몸을 둥글게 말았습니다.

"어디까지 썼어?"

마리가 마사치카에게 물었습니다.

"용감한 고양이들이 생선 가게에 있는 생선을 모조리 빼앗아 배불리 먹었어. 해치우고 남은 생선 뼈는 달로 가는 배를 만드는 데 쓸 작정이야."

마사치카가 대답을 마치고, 마리에게 되물었습니다.

"너야말로 작사는 어찌 되어 가?"

"아직 비밀이야."

마리는 머리맡에 있는 램프를 후 불어 끄고, 마사치카와 동시에 눈을 감았습니다.

그날 밤 내내, 별 가루가 돌꽃 마을에 폴폴 떨어져 내렸습니다.

마녀의 역사

이튿날도 맑은 날이 이어졌습니다. 마리가 창문을 열자, 창틀에 한겨울 서리처럼 별 가루가 잔뜩 쌓여 있었습니다.

"룩스 룩스, 피르피르르~."

거울 앞에 선 마리는 어제 본 밤하늘을 떠올리며 주문을 외웠습니다. 그러자 머리카락이 은빛으로 물결쳤고, 눈동자 속에 작은 별이 수없이 반짝였습니다. 뺨과 눈꺼풀에는 창틀에 쌓인 별 가루를 손가락으로 떠서 발랐습니다.

짙은 푸른색 원피스에는 배지를 가득 달고, 별 목걸이를 짤랑짤랑 여러 겹 찼습니다.

그웬돌린 엄마는 어제도 밤늦게까지 일했는지 아직 일어나지 않았습니다. 아침 식사가 차려진 식탁 앞에는 유키 엄마만 앉아 있었습니다.

"그런 차림으로 밖에 나가려고?"

유키 엄마가 조심스럽게 묻자, 마리는 헤이즐넛 밀크 티와 함께 치즈랑 양파를 넣고 구운 샌드위치를 입에 넣으며 힘차게 대답했습니다.

"응!"

유키 엄마는 긴 한숨을 내쉬었습니다. 그렇지만 상냥하게도 연어와 버섯을 넣은 필래프 도시락과 알맞게 구운 파이를 마리의 손에 들려 보냅니다.

마리는 길거리를 거니는 사람들에게 화려하게 꾸민 모습을 뽐내고 싶어서 일부러 빗자루를 타고 날지 않고 뚜벅뚜벅 걸어서 돌꽃 광장으로 갔습니다.

"호오⋯⋯."

이웃에 사는 리 씨가 감탄사를 내뱉으며 눈을 휘둥그레 떴습니다.

"마리는 오늘도 화려하네."

과일 가게 아주머니는 못 말린다는 듯한 표정을 지었습니다.

"우아, 진짜 멋져!"

하지만 레이와 수지는 약속 장소에 도착한 마리를 보자마자 칭찬을 아끼지 않았습니다.

마리가 오늘은 마녀 역사 기념관에 가고 싶다고 하자, 레이가 깜짝 놀란 얼굴을 했습니다.

"오, 웬일이래. 아무튼 마리가 관심이 생겼다니 잘된 일이야."

레이가 그렇게 말하며 익숙한 발걸음으로 기념관 계단을 올라, 옛이야기에 나올 법한 마녀가 입을 쫙 벌린 얼굴 모양을 한 입구 쪽으로 향했습니다. 레이는 마녀 역사 기념관 스탬프 카드를 여러 장 가지고 있을 정도로 이곳을 자주 방문했거든요.

레이는 마녀의 전통과 문화를 몹시 좋아합니다. 지금은 당연하게 여기는 사물 하나하나에 얽힌 유래나 이야기를 두루 살펴보는 게 재미있다고 합니다. 마치 우유에 바닐라 시럽이 퍼지는 모습을 지켜보는 것 같다네요. 도서관에서도 마녀와 관련된 책이라면 가리지 않고 빌려 읽어서 웬만한 마녀보다 마녀에 대해 환히 꿸 정도였습니다.

오늘도 레이는 온통 검은 옷을 입고, 챙이 넓은 모자를 쓰고, 손에는 빗자루를 들었습니다. 레이는 이 차림새가 자신한테 딱 어울린다는 걸 알고 있어요. 그야말로 멋진 마녀 그 자체입니다. 마리보다 훨씬 마녀답지요. 마리는 그런 레이가 굉장하다고 생각하지만, 따라 할 마음은 없습니다. 레이도 전통을 따르지 않는 마리의 화려한 옷차림이 재미있지만, 똑같이 하고 싶다고 생각하지 않아요. 또 레이는 진짜 마녀가 궁금해 마리에게 이것저것 물어보긴 해도, 마리를 부러워하지도 않고 멋진 마녀가 되려고 애쓰지 않는 마리가 짜증 난 적은 없습니다. 수지는 수지대로 마녀에 그리 흥미가 없어 보이고요. 하지만 무엇이든 마법으로 거대하게 만드는 마리와 함께 있으면 수학 지식을 살릴 수 있어서 무척 즐거웠고, 자기처럼 똑똑한 레이와도 마음이 잘 맞았습니다.

레이는 접수창구를 지키는 아저씨에게 스탬프 카드를 내밀고 박쥐 모양 도장을 받았습니다. 이 나라에서는 미술관이나 박물관에 어른과 아이 모두 무료로 입장할 수 있답니다. 마리와 수지도 전시물을 하나하나 둘러보며 걷기 시작했습니다. 커다란 냄비와 수수께끼가 깃든 거울부터 휙 구부러진 나무 지팡이까지. 지금은 거의 찾아볼 수 없는 먼 옛날 옛적 마녀의 도구가 연대별로 진열되어 있었습니다.

토요일인데도 마녀 역사 기념관은 한산해서, 세 친구는 웃고 떠들며 마녀의 역사를 둘러볼 수 있었습니다.

집과 밥과 옷이 모두에게 제대로 마련되고, 누구나 무료로 학교에 다닐 수 있다. 어떤 이유에서도 남을 함부로 놀리거나 폭력을 휘두르는 건 용납되지 않는다. 자연과 자원을 다 함께 소중히 보호한다. 피부나 눈동자 색이 다르다고 해서 차별하지 않는다. 여자끼리, 남자끼리 결혼할 수 있다. 태어났을 때 부여받은 성별대로 사는 게 괴롭다면 자기가 원하는 성별을 선택할 수 있다.

오늘날 돌꽃 마을에서는 아주 당연한 이런 일들도, 오래전 '소수자'라고 불리던 이들이 용감하게 투쟁해서 바꾼 결과라고 합니다. 레이가 전시실을 걸어가며 설명했습니다.

"마녀의 권리도 마찬가지야."

어느덧 저주 의식에 필요한 바늘과 인형, 마녀사냥에 사용되던 고문 도구 등 무시무시한 전시물이 진열된 곳으로 넘어왔습니다.

"옛날 옛적에 마녀는 검은 까치밥나무 숲 밖으로 나올 수 없었어."

레이의 말에 마리는 깜짝 놀랐습니다.

"뭐, 진짜? 그러면 장은 어떻게 봤어?"

까치밥나무와 버섯 말고는 아무것도 없을 어두컴컴한

숲속에서 살아야 했다니, 얼마나 지루했을까요.

"숲에서 나는 걸 냄비에 넣고 끓여 먹거나, 오래된 옷을 여러 번 기워서 입었대. 꼭 필요한 게 있는 경우에만 까마귀에게 돈을 쥐여 줘서 마을 상품을 사 오게 시켰지."

마녀는 무서운 존재야. 더럽고 위험한 것들의 근원이거든. 불과 얼마 전까지만 해도 마녀는 사람들로부터 그런 식으로 미움을 받았습니다. 그러던 중 일부 마녀들이 살아남기 위해 인간에게 다가갈 한 가지 방안을 떠올렸습니다.

그것은 바로, 멋진 마녀가 되는 것이었습니다.

"멋짐에는 여러 종류가 있잖아. 예쁜 마녀, 세련된 마녀, 똑똑한 마녀, 재미있는 마녀. 근데 무엇보다 사람들에게 도움을 주는 마녀를 가장 멋지게 여겼대."

이제까지 컴컴했던 전시물 패널과 조명이 점점 환하게 밝아졌습니다. 오늘날까지도 이름이 널리 알려진 한 마녀의 초상화가 걸려 있고, 반짝반짝한 꽃과 별 장식이 그 주변을 둘러싸고 있었습니다. 그 옆으로 귀여운 검은 고양이 인형과 세련된 고깔모자, 루비색과 멜론색 물약병들이

43

늘어서 있고, 마녀가 등장하는 유명한 영화 포스터와 소설 표지가 연표와 함께 전시되어 있었고요. 멋진 마녀들은 인간을 불행에서 구해내고, 영감을 주고, 가슴을 뛰게 하는 데다가 상냥하다고 하네요. 그 이야기를 보고 들은 사람들이 수많은 영화와 책을 탄생시켰습니다. 실제 마녀는 무섭지만, 이야기 속이라면 얼마든지 환영이지. 한동안 그런 시대가 이어졌습니다.

"어, 모모 할머니다!"

갑자기 마리가 어린이용 마녀 영화 포스터를 가리키며 외쳤습니다.

"대단하다~."

레이와 수지가 작게 손뼉을 치며 감탄했습니다.

마리가 사는 나라에서 제일 유명한 마녀 이야기는 바로 〈참견쟁이 마녀, 모모에게 맡겨 줘〉입니다. 소설이 원작이고 영화로도 만들어졌지요. 주인공 모모의 모델이 유키 엄마의 어머니, 즉 모모 할머니의 어린 시절이라는 사실은 이 마을에서 모르는 이가 없습니다. 그러니까 모모 할머니는 엄청난 유명인이지요. 사방팔방 오지랖이 넓지만, 늘 최선을 다하는 수습 마녀 모모가 인간을 행복하게 만드는 이야기에 모두가 열광했습니다.

"모모 할머니는 옛날부터 굉장히 훌륭한 분이셨구나."

수지가 말했습니다. 게다가 진짜 마녀인 모모의 사진은 포스터 속 배우에 뒤지지 않을 만큼 눈에 띄었습니다. 시원스러운 눈동자는 마리와 유키 엄마와도 다른 빛깔로 반짝입니다. 사랑스럽고 귀여운 여자아이가 레이처럼 완벽한 마녀 복장을 하고 활짝 웃으며, 젊은 시절의 증조할머니와 돌아가신 고조할머니 곁에 서 있습니다.

"난 『참견쟁이 마녀, 모모』를 무지 좋아해. 어렸을 때 원작 소설을 읽고 마녀를 꿈꾸게 됐을 정도니까."

레이도 즐거운 듯 말했습니다.

"흐음."

마리는 콧숨을 내쉬며 포스터를 바라봤습니다. 사실 마리는 아직 이 영화를 본 적이 없어요. 모모 할머니도 좋아하고 재미있는 영화도 좋아하지만, 〈참견쟁이 마녀〉만큼은 주인공이 너무 착할 것 같아서 볼 마음이 생기지 않았습니다. 마리는 오히려 괴팍한 마녀가 박쥐와 두꺼비를 이끌고 사고를 쳐서 마을을 엉망진창으로 헤집어 놓고, 아이를 붙잡아 학교에 불을 지르는 장면이 나오는 영화를 보고 싶었습니다.

앗, 딴 길로 샜군요. 다시 역사 이야기로 돌아갈까요.

〈참견쟁이 마녀, 모모〉에 나오는 멋진 마녀라면 친구가 될 수 있지 않을까~. 그렇게 사람들은 조금씩 마녀를 받아들이게 되었습니다. 하지만 몇몇 마녀들은 치를 떨며 반발했습니다. 흥, 뭐야. '멋진' 마녀만 친히 거두어들이겠다는 거냐? 그건 진짜 우리 마녀들을 인정하는 게 아니잖아. 제 잘난 맛에 취한 인간들에게 굽실거리며 살아야 한다니, 끔찍하기 짝이 없네!

마녀도 인간인데도 너무나 오랜 시간 미움을 받고 살아온 나머지, 마녀는 마녀가 아닌 사람을 '인간'이라고 구별해서 부르게 되었습니다.

그리하여 마녀들끼리도 인간에게 다가가면 배신자 취

급을 했습니다. 마녀가 마녀를 공격하기 시작했고, 마녀들끼리 크나큰 전쟁이 벌어졌습니다. 거기에 또 수많은 이가 휩쓸리고 몇십 년이나 전쟁이 이어졌습니다. 마을 이곳저곳에 솟아 있는 돌조각 같은 것들은 그 당시 마녀들을 봉인한 '소금 기둥'이라고 합니다.

"소금 기둥은 배신자들에게 거는 무시무시한 마법이었대. 길을 잃고 돌아다니고 있으면 무조건 수상하게 여기는 시절이었어."

길거리를 헤매기만 해도 소금으로 바꿔 버리다니, 살벌한 이야기네요.

"옛날 할머니들은 그렇게 무서운 마법을 부렸구나!"

다음 전시실에는 마녀들이 하늘에서 전투를 벌이는 사진과 그림, 부서진 성벽의 파편, 그리고 소금 기둥이 가득 진열되어 있었습니다. 소금 기둥에는 마녀 형상으로 구멍이 뻥 뚫려 있었습니다.

"나는 어느 쪽도 나쁘다고 생각 안 해. 진짜 나쁜 건 멋진 마녀와 멋지지 않은 마녀를 제멋대로 구분 짓는 사람들이잖아."

수지는 그렇게 말하며 아주 냉정한 얼굴로 마녀들이 맞서 싸우다가 찌그러트린 가로등과 구멍 난 포스터를 빤히 들여다보았습니다.

"맞아. 마녀들은 서먹서먹하고 사이가 안 좋다는 말이 돈 것도 이 전쟁 때문이야."

레이는 수지의 말에 맞장구치며 옆 전시실로 발걸음을 옮겼습니다.

"그러다가 한순간에 마녀들의 전쟁이 끝났지. 그건 '잠자는 꽃' 때문이었어."

어느 날 갑자기 마을 한복판에 거대한 꽃이 피어났을 때, 사람들은 처음엔 무척 기뻐했다고 합니다. 커다란 꽃은 황홀할 정도로 어여쁜 붉은색이었고, 마음이 편안해지는 달콤한 향기를 풍겼습니다. 하지만 꽃가루를 마신 사람들이 하나둘 잠에 빠졌고, 그 뒤로 눈을 뜨지 못했습니다. 그제서야 사람들은 이 꽃이 무시무시한 재앙이라는 사실을 깨달았습니다. 하지만 불을 붙여도, 톱으로 줄기를 잘라도, 꽃은 꿈쩍도 하지 않았습니다. 오히려 잎과 가지가 더욱 쑥쑥 자라서 꽃에 다가가는 사람마다 픽픽 쓰러졌습니다. 그때, 용감하게 꽃 앞에 선 자들이 있었습니다. 바로 유키 씨를 낳고 이제 막 엄마가 된 모모 할머니를 중심으로 모인 마녀들이었지요. 멋진 마녀와 멋지지 않은 마녀가 너나없이 힘을 합쳐 한목소리로 주문을 외웠고, 저마다 목숨 걸고 꽃에 마력을 쏟아부었습니다. 긴긴 싸움 끝에 드디어 꽃은 돌의 결계에 갇혔고, 잠들었던 사람들이 눈을 떴습니다. 사람들은 마녀에게 감사하며 그동안 무례하게 군 것을 깊이 사과했습니다. 마녀들도 반성하며 소금 기둥에 가뒀던 적들을 구하고, 다들 무사히 목숨을 건졌습니다. 그리고 그날은 마녀와 사람들의 화해를 기리는 '돌꽃 기념일'이 되었습니다. 매년 그날이 오면 마을에서 돌꽃 축제가 열립니다. 마을 사람은 마녀처럼 꾸미고 노점을 열어 마녀들에게 맛있는 음식을 대접합니다. 마녀는 답례로 춤과 노래를 선보여 모두에게 즐거움을 선사하고요. 이 돌꽃 축제가 일주일 앞으로 다가왔습니다.

마지막 전시물은 돌꽃 마을을 본뜬 작은 모형이었습니다. 돌꽃 동상을 둘러싼 버터 롤 빛깔의 작은 지붕들 밑에는 학교도 있고, 레이의 부모님이 차린 부티크도 있고, 수지의 어머니가 운영하는 병원도 있으며, 그웬돌린이 하는 예언의 집도 있었습니다.

마녀 역사 기념관을 나오자, 이번에는 진짜 돌꽃 동상이 세 아이들의 눈앞에 솟아 있었습니다.

그걸 올려다보며 레이가 말했습니다.

"그 후로 마녀들은 검은 까치밥나무 숲을 나와 인간과 함께 살았어. 다들 인간의 생활이 쾌적해서 깜짝 놀랐고 결코 예전 삶으로 돌아가지 않겠다고 했대. 마녀들의 전쟁은 끝났어. 그때는 이미 멋진 마녀가 되는 일에 반대하는 마녀는 없었지. 딱 한 명을 빼고 말이야."

그러면서 레이는 강 건너의 검은 까치밥나무 숲을 바라보았습니다. 거기에는 매들린의 성이 있었습니다.

"오직 매들린만이 멋진 마녀가 되기를 거부했어. 그래서 마녀 무리에서 소외된 거야."

"와~ 대단해! 진짜 용기 있네!"

마리가 감탄했습니다. 마을에서 종종 마주치는 매들린이 늘 부러웠거든요. 저렇게 지저분한 차림으로 박쥐와 까마귀를 거느린 채 오만상을 찌푸리고, 내키는 대로 저벅저벅 거닌다면 얼마나 편할까요. 유키 엄마와 그웬돌린 엄마는 매들린과 말도 섞지 말라고 마리에게 거듭 일렀지만, 마리는 오래전부터 매들린에게 대화를 걸고 싶어서 안달복달이 날 지경이었습니다.

"으음, 그뿐만이 아니야. 매들린은 인간인 남자 친구와 같이 살기 위해 금지된 마법을 썼다는 소문도 있어. 그 시절에는 마녀와 마녀 아닌 사람 사이의 결혼이 허락되지 않았으니까."

"호! 꼭 로맨스 영화 같잖아. 저 성에서 할아버지가 된 남자 친구랑 함께 살고 있으려나."

수지까지 단발머리를 찰랑이며 말했습니다. 레이는 사랑과 연애 이야기를 무척 좋아합니다. 마리는 아직 그쪽으로 그다지 흥미가 없지만요. 한참 뒤에나 그런 데 관심이

51

생길 수도 있겠지만, 사실 그때도 지금과 별 다를 바 없을 것 같기도 해요. 하지만 연애 쪽으로 고민거리가 생긴다면 틀림없이 레이에게 상담하겠지요.

모든 마녀 아이는 초등학교를 졸업한 뒤 여기서 멀리 떨어진 마녀 기숙학교에 다닙니다. 마녀의 피를 이어받았다면 아무리 성적이 나빠도 입학할 수 있지요. 몇 년 전부터는 마녀 지망생이 늘어서, 타고난 마녀가 아닌 인간 여자아이도 지원이 가능한 특별 전형이 생겼습니다(본디 마녀도 인간이지만요). 인간 여자아이는 엄격한 입학시험을 치러야 합니다. 머리가 신통찮은 아이면 통과하기 힘들지요. 하지만 레이는 분명 합격할 거예요. 마리는 마녀 학교에 다니는 것보다 진짜 마녀가 된 레이를 상상하는 쪽이 훨씬 더 설렙니다.

돌꽃 동상을 올려다보는데, 무언가가 뺨을 스치었습니다. 만져 보니 모래알 같은 게 붙어 있었습니다. 마리가 고개를 갸웃하자, 수지가 안경을 위로 올리며 물었습니다.

"어젯밤에 본 별 가루 아니야?"

수지는 천문 관측을 하고 있어 별 가루가 떨어지는 걸 눈치챘다고 합니다. 마을에도 같은 광경을 목격한 사람이 있어서, 별에서 불똥이 튀며 아침까지 별 가루가 내렸다는 소문이 이미 쫙 퍼졌습니다.

"흐응, 이건 별 가루가 아니라 돌멩이 조각이 아닐까? 반짝이지 않는걸."

마리가 그렇게 말하며 돌꽃 동상을 올려다보았습니다. 묘하게 불안이 밀려와 가슴이 콩닥콩닥 뛰었습니다. 설마 하는 생각에 자세히 보니, 동상의 돌꽃 표면이 흐슬부슬 일어나 있는 게 아니겠어요. 아까 기념관에서 레이가 말한 것처럼 거대한 꽃은 현재까지도 마법으로 두른 돌의 결계에 갇힌 채 피어 있습니다. 혹시라도 세월이 흐르면서 결계가 약해졌다면……?

"아, 모모 할머니. 안녕하세요."

옆에 서 있던 레이의 귀가 빨개졌습니다. 그리고 곧장 치맛자락을 양쪽으로 들고 허리를 숙이며 옛날식 인사를 했습니다. 레이의 시선을 따라가자, 마녀 역사 기념관 입

53

구에서 모모 할머니가 막 나타난 참이었습니다. 모모 할머니는 이곳 관장인 동시에 마을 의회 의장, 마녀 학교 이사, 초등학교 학부모회 회장 등등 각종 자리에서 완벽하게 맡은 역할을 해내고 있습니다. 게다가 마을 사람들은 난처한 일이 생기면 제일 먼저 모모 할머니에게 상담하러 오기 때문에 할머니는 항상 눈코 뜰 새 없이 바빴지요. 그러나 긴장하는 기색은 눈곱만큼도 보인 적 없답니다. 〈참견쟁이 마녀〉를 좋아하는 사람들은 모모 할머니의 지금 모습을 보는 것도 무척 반가워합니다. 어릴 적 귀여웠던 모모는 할머니가 되어도 예쁘고, 좋은 향기가 나며, 무엇보다 아주 멋지기 때문이지요. 물결치는 라벤더색 머리카락에 항상 상냥하게 방긋거리는 핑크색 입술이 눈부셨습니다. 하지만 둥근 안경 너머의 초록색 눈동자를 들여다보면 너무 빈틈없이 말끔해서 시퍼런 기운도 느껴집니다.

"세상에, 마리가 마녀 역사 기념관에 다 오다니 놀랍구나. 역사를 아는 건 아주 훌륭한 일이란다. 드디어 마리도 공부라는 걸 하네."

"응, 역사는 지루하고 졸리지만, 레이가 알려 주면 엄청 재미있어."

모모 할머니는 마리의 말을 듣고 레이를 향해 미소 지었습니다.

"어머, 고마워. 레이는 성실히 공부하는 모습이 언제나 기특하구나."

레이의 얼굴이 온통 새빨개졌습니다. 그도 그럴 것이, 모모 할머니는 레이가 제일 존경하는 사람이니까요.

"레이와 함께라면 나도 마녀 학교에 들어가서 열심히 공부할 수 있겠어."

마리가 힘차게 말하자, 모모 할머니는 불현듯 난처한 표정을 지었습니다.

"그렇구나, 한데, 있잖니, 미안하구나. 레이는 말이야……
입학 자격이 없단다."

마리도 수지도 화들짝 놀라 '뭐라고요?' 하는 표정으로 서로 마주 보았습니다. 모모 할머니는 난감하다는 듯이 입을 다물었습니다.

"모모 할머니는 내가 태어났을 때 남자아이였던 걸 신경 쓰시는 것 같아."

레이가 재빠르게 덧붙였습니다.

"하지만 레이는 여자아이잖아?"

마리는 이해할 수 없다는 표정으로 되물었습니다. 이서 선생님도 그렇게 알려주셨습니다. 태어날 때 주어진 성별 그대로 살아갈 수 있는 마리와 같은 아이가 있는가 하면, 그렇지 못한 아이도 있다고요. 마리와 레이가 처음 친해진 1학년 때, 레이는 머리카락이 짧았고 남자아이 옷을 입고 있었습니다. 하지만 여름방학이 끝나고, 지금과 같은 차림으로 학교에 온 레이가 자신은 여자아이라고 고백했습니다. 그런데 모모 할머니는 왜 갑자기 뚱딴지같은 말을 하는 걸까요? 이건 마녀 전쟁이 일어나기 전, 아니, 그보다 훨씬 옛날에나 할 법한 소리 아닌가요.

"미안해. 마녀 학교에는 아직 그런 사례가 없단다. 레이 같은 아이가 입학한 경우가……."

"레이 같은 마녀는 많잖아!!"

마리가 반박했습니다. 정말로 마리 말이 맞아요. 태어날 때 주어진 성별과 다른 성별로 살아가는 마녀는 많고, 남자 마녀도 있습니다. 어느 쪽 성별도 고르지 않는 마녀도 많고요. 그중 몇 명은 아주 유명합니다.

"그래. 하지만 그 사람들 대부분은 부모나 친척이 마녀였지. 레이처럼 인간 아이는 아직 없어. 받아들이는 학교도 있지만, 전부 외국에 있는 학교인 데다 아직 그 수도 적단다."

"하지만 그건 옛날 옛적 생각이잖아? 모모 할머니는 학교의 이사니까 얼마든지 교칙을 바꿀 수 있을 거 아니야. 그렇게 케케묵은 학교라면 나도 다니기 싫어. 레이하고 같이 안 가면 어차피 따분할 테니까. 레이가 들어가지 못하는 마녀 학교 따위, 너무너무 싫어!"

그러면서 마리는 모모 할머니에게 덤벼들었습니다. 레이는 작은 목소리로 그만하라고 말리며 마리의 원피스를 잡아당겼습니다. 그때, 마리는 순간 움찔했습니다. 모모 할머니의 눈에 아주 잠시 불길이 타오르더니, 눈동자가 겨울

57

바다색으로 가라앉았기 때문입니다.

"레이, 수지, 가자."

마리는 그렇게 말하며 친구들의 손을 끌고 돌꽃 광장의 가운데로 향했습니다. 홧김에 심한 말을 뱉은 것이 걸려 딱 한 번 뒤돌아보았습니다. 그러나 모모 할머니는 기념관 입구에 서서 이쪽을 쭉 지켜보고 있을 뿐이었지요. 바람이 불어 돌꽃 동상 주변에 쌓여 있던 모래가 먼지처럼 피어올라, 할머니와 마리 사이를 가로막아 버렸습니다.

박쥐 파르페

어째서 아무것도 할 줄 모르는 열한 살짜리 아이한테
이런 말을 들어야 하나요?

모모 할머니는 슬픈 동시에 분한 감정이 치솟았습니다.
마녀 역사 기념관 안에 있는 유리 벽으로 둘러싸인 마녀
카페에서 박쥐 파르페를 마구 휘저으며 애써 화를 가라앉
혔습니다.

박쥐 파르페는 돌꽃 축제를 위해 이곳 요리사가 고안한
기간 한정 메뉴입니다. 지금은 아직 시험하는 단계라 관장

59

인 모모 할머니가 마을에서 제일 먼저 맛보고 있습니다. 파르페 유리컵 속에 초콜릿 크림을 소용돌이 모양으로 쌓고, 그 위에 거봉알, 빨간 구즈베리, 아삭아삭한 시리얼, 그리고 카시스 셔벗을 올렸습니다. 화려해서 눈도 즐겁고 혀끝에서 살살 녹습니다. 그럭저럭 합격점이었는데, 꼭대기를 장식한 바삭바삭한 박쥐 쿠키를 한 입 베어 물자 코코아의 쓴맛이 가슴속 깊이 파고듭니다. 동시에 모모 할머니의 눈에서 눈물이 왈칵 쏟아졌습니다.

오래전, 모모 할머니에게는 지로라는 박쥐 친구가 있었습니다.

마녀와 인간이 함께하게 되면서 박쥐, 까마귀, 두꺼비는 마녀의 단짝 자리에서 물러나게 되었습니다. 인간과 마녀가 같이 살아가기 위해서 인간이 보기에 '멋지지 않은' 것들은 모두 검은 까치밥나무 숲에 두고 와야 했습니다. 동물뿐만 아니라, 멋지지 않은 마녀에게도 예외는 없었습니다.

'벌써 몇십 년이나 연락을 끊고 지내는 그 아이도……'

"단짝은 박쥐 대신 귀여운 고양이로 바꾸는 게 어때?"

모모 할머니가 열두 살 무렵, 『참견쟁이 마녀』를 쓰기 위해 취재하러 온 유명한 인간 소설가가 내뱉은 한마디에 어머니 스즈는 아름답고 영리한 하얀 고양이, 마유미를 데려왔습니다. 지로는 기분 나쁜 듯이 눈을 내리깔더니 어디론가 날아가 버렸고, 그 뒤로 다시는 돌아오지 않았습니다. 물론 마유미가 싫은 건 아닙니다. 긴 세월을 함께하며 마유미는 소중한 친구가 되었지요. 이 년 전 마유미가 세상을 떠났을 때, 모모 할머니는 남몰래 소리 내어 흐느꼈습니다. 하지만 마음속으로는 농담을 좋아하고 건방지며 장난기가 가득한 지로를 잊은 적이 없었습니다.

요즘 들어 박쥐 모양 쿠키와 초콜릿이 젊은이 사이에서 인기를 끌고 있습니다. 특히 사람들이 마녀 복장으로 다니는 돌꽃 축제를 앞둔 이 시기에는 박쥐 과자를 사려고 과자 가게 앞에 줄을 설 정도입니다. 축제 당일에도 박쥐 모양 추로스와 프레츨을 파는 포장마차가 잔뜩 들어올 예정이고요.

"다들 더 이상 박쥐에게 나쁜 인상이 없으니, 슬슬 진짜 박쥐도 반려 정령으로 인정하는 건 어떻겠습니까?"

마을 회의에서 모모 할머니가 조심스럽게 꺼낸 제안은 인간 의원들의 맹렬한 반대에 부딪혔습니다. 진짜 박쥐는 무서워서 안 되고 쭉 과자 모양만으로 남겨 두자는 반응이 었습니다. 그러면 언짢을 일도 없고 살짝 특이한 걸 즐기는 사람들이 좋아한다. 딱 거기까지라는 겁니다.

'인간 놈들……'

정신을 차려보니, 모모 할머니는 이미 파르페를 다 먹었습니다. 속이 부글부글 끓어오르는 건 크림으로 꽉 막힌 탓이 아닙니다.

인간들이 제멋대로 구는 건 예나 지금이나 변함없습니다. 아주 먼 옛날, 모모 할머니의 선조들은 마법을 쓸 줄 안다는 이유만으로 잡히고, 얻어맞고, 화형을 당했습니다. 끔찍한 죽음을 맞지 않기 위해 마녀들은 인간의 눈치를 살피지 않을 수 없었습니다. 몸서리칠 정도로 둔한 인간이 저지르는 횡포를 모모 할머니는 모조리 견뎠습니다. 살아남기 위해, 그리고 무엇보다 어머니 스즈가 그러기를 바랐기 때문이지요. 마녀가 살아가기 위해서는 인간과 손을 잡아야만 해. 그렇기에 명문가의 후예인 모모가 모범을 보여야 한단다. 어릴 때부터 듣고 자란 가르침입니다.

애당초 모모는 소설 속 주인공처럼 참견하는 걸 좋아하지 않습니다. 굳이 말하자면 '너는 너대로, 나는 나대로'라는 식으로 독립적이고 주변에 신경 쓰지 않는 성격이었지요. 그래서 그 아이와도 마음이 잘 맞았습니다.

과거의 '멋진 마녀' 계획은 최근 들어 젊은 마녀로부터 날카롭게 비판받고 있습니다. 결국은 인간의 비위나 맞춘 게 아니냐? 시대착오적이고 겁쟁이나 할 법한 발상이다. 소중한 동료를 배신하는 꼴이었다. 끝없는 추궁을 귀에 딱지가 앉을 정도로 들었습니다. 게다가 마리 같은 새로운 세대 사이에서 '멋지지 않은 마녀'를 향한 동경이 퍼지고 있다는 것도 물론 알고 있지요.

'어째서 다 내 책임이라는 거야!'

모모 할머니는 두 손으로 이마를 짚었습니다. 파르페 유리컵이 팔에 맞아 쓰러지고, 녹아 버린 셔벗이 바닥에 뚝

뚝 흘러내렸습니다.

즐겁고 편리한 마법의 힘은 두 팔 벌려 환영하지만, 무시무시한 주문이나 끈적끈적한 액체가 끓는 냄비는 섬뜩하니까 안 돼. 할머니 마녀의 지혜는 빌리고 싶지만, 쭈글쭈글 주름투성이에 야윈 매부리코 할머니는 싫어. 요구는 원 없이 하면서, 그걸 안 들어주면 찡찡거리며 소란이나 피우는 주제에 뭐가 잘났다고 큰소리인지. 이제까지 인간이 마녀를 위해 무언가 하나라도 베풀어 준 것이 있었나요?

돌이켜보면, 모모 할머니의 인생은 쭉 참고 견디는 것의 연속이었습니다. 이렇게 달콤한 디저트를 먹을 수 있는 것도 할머니가 되어 사람들의 주목이 사라진 덕택입니다. 옛날에는 조금이라도 살이 찌면 다들 "멋지지 않아!"라고 목청껏 합창을 해댔습니다.

그 결과가 이겁니다. 손녀한테서까지 이런 눈초리를 받다니요.

아기 때부터 귀여워서 어쩔 줄 몰랐던 마리입니다. 게으

름뱅이에 생떼를 부리기는 하지만, 무슨 일이 있어도 흔들리지 않는 마리에게는 마녀 일족을 믿고 맡길 든든한 구석이 있어요. 그 점이 유키와 다른 부분입니다. 모모 할머니는 물론 유키도 사랑하지만, 소중한 외동딸이 마법을 거의 부릴 수 없다는 걸 깨달았을 때 적잖이 충격을 받았습니다. 유키 본인도 모모 할머니보다 훨씬 괴로워하고 있었기에 강하게 밀어붙일 수도 없었습니다. 모모의 어머니 스즈는 "내 손녀가 마법을 쓸 수 없다니……."라며 얼굴이 하얗게 질려서는 앓아누울 정도였습니다.

그웬돌린이라는 훌륭한 마녀가 유키와 결혼하여 가족으로 들어오지 않았더라면, 모모 할머니가 활약할 곳은 얼마나 좁아졌을까요. 아마 마녀 학교 이사직도 맡을 수 없었을 테고 마을 회의에 들락거리는 일도 없었을 겁니다. 그웬돌린은 마력이 강력할 뿐만 아니라, 모모 할머니마저도 푹 빠질 정도로 '멋진' 마녀입니다. 그것도 모모 할머니나 다른 마녀들처럼 부단한 노력으로 멋진 것이 아니라, 타고난 매력만으로 인간을 사로잡았습니다.

그런 어머니의 장점을 마리가 모조리 물려받았……어야 했는데 말입니다. 마리는 마법을 쓰기 시작한 나이도 모모 할머니보다 훨씬 이르고 타고난 감도 좋습니다. 그건 대단하지요. 하지만 마리는 자기 자신을 너무 좋아합니다. 내가 즐거운 게 먼저라 남들이 어떻게 생각하는지는 전혀 관심이 없습니다. 모모 할머니가 어렸을 때는 꿈도 못 꿀 일이었습니다. 마리는 언제나 끔찍이 못 부르는 노래를 고래고래 부르고, 푸짐하게 잔뜩 먹고, 엉뚱하게 치장하고, 마음껏 쿨쿨 잠을 잡니다. 정말이지 누구 덕분에 그렇게 아무 걱정 없이 제멋대로 지낼 수 있다고 생각하는 걸까요.

모모 할머니는 긴 한숨을 내쉬었습니다.

아까 마리가 한 말이 코코아 쿠키의 쓴맛처럼 가슴에 콕 박힌 채 남아 있습니다.

모모 할머니도 레이를 무척 좋아합니다. 똑똑하고 공부도 열심히 하고 그걸 뽐내지도 않습니다. 레이 같은 아이가 마녀 학교에 들어오길 바라 마지않지요. 솔직히 말해서 마리보다도 훨씬 더 마녀에 어울리고, 입 밖으로 말은 안 해도 그 아이가 내 딸이나 손녀였다면 얼마나 좋을까 하는 상상까지 여러 번 했습니다.

마녀 세계도 낡고 뒤떨어진 가치관을 버려야 한다는 건 모모 할머니가 누구보다 잘 알고 있습니다. 과거에는 레이처럼 태어날 때 주어진 성별로 살아가지 않는 인간은 차별을 받고 고통을 겪었습니다. 모모 할머니도 긴 세월을 살아온 마녀인 만큼 잘 기억하고 공감합니다. 하지만 규칙을 중시하는 좁은 마녀 세계에서 새로운 변화를 일으키려면 인간 세계보다 몇 배는 더 시간이 걸립니다. 예컨대 마녀 사이의 결혼이 인정받게 된 건 인간이 여자끼리, 남자끼리 결혼할 수 있게 된 것보다 한참 뒤니까요.

애당초 인간 여자아이가 마녀 학교에 입학하는 것도 지금은 당연한 일이 되었지만, 모모 할머니가 선생님과 학부모 들을 몇 년에 걸쳐 설득한 끝에 겨우겨우 이룬 결과입니다. 아아, 곰곰 생각해 보니 그것마저 인간을 위한 꼴이었네요.

'마리나 레이나 아무것도 알아주지 않겠지. 내가 언제나, 이렇게, 모두를 위해서⋯⋯.'

똑똑똑. 그 소리에 고개를 드니, 유리창 밖에서 빗자루를 탄 꼬마 마녀가 노크하고 있었습니다. 모모 할머니가 창문을 열자, 꼬마 마녀는 안쪽을 내려다보며 말했습니다.

"거기, 꼬마야!! 이곳 관장이신 모모 할머니 못 봤니? 큰일 났어. 얼른 모셔 와!"

'무슨 소리를 하는 거지?'

고개를 갸웃대다 유리창에 비친 자기 모습에 화들짝 놀랐습니다. 거기 서 있는 것은 어린 시절의 모모 할머니였습니다. 참견쟁이 마녀가 되기도 한참 전의 나이입니다. 마리나 레이보다도 네다섯 살 앳되어 보이는 작은 여자아이가 헐렁헐렁해서 땅에 끌리는 검은 드레스를 입고 서 있는 게 아니겠어요.

"아, 그게. 내가⋯⋯."

모모, 그러니까 모모 할머니는 터질 듯한 울음을 꾹 참았습니다. 아무한테도 털어놓은 적 없는 비밀인데, 모모 할머니는 자신감을 잃을 때마다 외모가 조금씩 젊어지곤 했거든요. 딸에게도 그 체질이 고스란히 전해졌기에 자신감이 부족한 유키 씨는 아무리 시간이 흘러도 여자아이와 같은 겉모습이었던 것이지요.

실패를 괴로워하며 살짝 어려질 때마다, 모모 할머니는 아무도 만나지 않고 몇 날 며칠이고 방 안에 틀어박혔습니다. 그리고 마녀 학교에서 받은 수많은 트로피와 돌꽃 기념일에 높은 사람들이 준 표창장, 나아가 작은 방 하나를 통째로 창고로 쓸 정도로 수많은 〈참견쟁이 마녀〉 팬레터까지 하나하나 찬찬히 들여다보았습니다. 그러면 자신감이 차차 회복되어 원래 나이에 맞는 외모로 돌아왔습니다.

하지만 이렇게까지 어려진 건 처음입니다. 누가 모모 할머니를 알아보기라도 하면 큰일입니다. 얼른 혼자 있어야 되는 마당에, 꼬마 마녀가 열린 창문으로 날아들어 툭 하고 카페 바닥에 착지했습니다. 빗자루를 위로 세워 고쳐 잡더니, 주위를 마구 휘휘 둘러보았습니다.

"모모 할머니가 여기 있다고 접수창구 아저씨한테 들었

는데, 어디 계셔? 긴히 전해 드릴 말이 있는데. 마리가 수지랑 레이를 데리고 매들린의 성으로 들어가는 걸 내가 봤다니까. 큰일이지, 안 그래? 어른들이 금지한 곳인데? 그러면 못쓰잖아?"

그 아이는 거만하게 코를 벌름거렸습니다. 매들린이라는 이름을 듣자, 모모의 가슴이 꽉 저릿했습니다. 모모가 눈앞에 있는 여자아이 또래였을 때만 해도 매들린과 함께 검은 까치밥나무 숲에서 놀았습니다. 매들린은 자유롭고, 재미있고, 놀이를 떠올리는 데 따라갈 자가 없는 천재였습니다. 하지만 언제부터인가 둘은 길에서 마주쳐도 모른 척하게 되었습니다. 스즈 어머니가 그러라고 당부했거든요. 매들린은 '멋지지 않기' 때문이었습니다.

"정말이야?"

목소리가 떨렸습니다. 마리가 매들린에게 다가가는 것만큼은 막아야 합니다. 그 아이가 매들린에게 영향을 받으면 이번에야말로 돌이킬 수 없는 일이 벌어질지도 모릅니다.

"맞아, 그러니까 얼른 모모 할머니를 불러와. 근데 너, 본 적 없는 아이네? 어디 집 애야? 마녀는 아니지?"

꼬마 마녀는 수상쩍다는 듯한 표정을 짓다가, 금세 싱긋하고 거드름을 피웠습니다.

"아하, 알겠다. 돌꽃 축제 준비로 그런 차림이구나. 마녀를 동경하는 인간 꼬맹이로군. 나는 진짜 마녀야. 흔히 접할 기회는 아니지. 에이미라고 해."

에이미는 어깨를 쭉 펴며 망토를 펄럭였습니다.

'아아, 이 아이가 그 에이미로구나! 흠…….'

모모는 위아래로 에이미를 훑어보았습니다. 마리한테 이야기는 들었습니다.

'만나는 건 처음인데 이 헤어스타일과 얼굴은 낯설지가 않아…….'

그렇게 생각할 법도 하지요. 에이미의 어머니와 할머니는 마녀 전쟁 때 '멋지지 않은 마녀' 편에 서서 모모네 무리와 무척이나 긴 싸움을 벌였습니다.

"모모 할머니가 없으면 됐어. 나는 지금부터 매들린의

성에 잠입해서 마리와 친구들을 현장에서 붙잡을 거야. 아침부터 개를 수정 구슬로 감시한 보람이 있네."

"헉, 학교가 쉬는 토요일까지 수정 구슬로 마리를 관찰한 거야?"

모모가 깜짝 놀라 묻자, 에이미는 울화가 치민다는 투로 되받아쳤습니다.

"그야, 걔는 멋진 마녀가 되려는 노력을 조금도 안 하잖아. 만날 마구 먹기만 하고, 배꼽도 내놓고 다니고……."

"에이미…… 아니, 언니는 마리를 싫어해?"

모모가 묻자, 에이미는 질겁한 얼굴로 세차게 대꾸했습니다.

"무슨 소리야. 엄청나게 좋아하지. 마녀가 마녀를 싫어한다니 말도 안 돼. 마녀들은 대단히 사이가 좋으니까. 진짜야. 마녀와 마녀는 항상 서로 도우며 살았으니 말이지."

아하. 모모는 알아차렸습니다. 아마도 에이미는 어머니나 할머니로부터 엄격한 지도를 받았을 겁니다. 오래전 마녀들끼리 전쟁을 벌인 일, 그래서 마녀들은 사이가 나쁘다는 편견이 인간에게 생겼다는 사실. 그러니 마녀 아이들과는 되도록 사이좋은 척하라는 충고를 들었겠지요. 그 집안 사람들은 대대로 심히 고지식합니다.

에이미는 당장이라도 매들린의 성에 들어가겠다고 하네요. 그렇다면 모모도 쫓아가는 수밖에 없습니다. 에이미와 모모는 카페를 나와 마녀 역사 기념관 입구로 왔습니다. 하이힐이 모모의 작은 발에 덜렁거리는 바람에 가까스로 비틀비틀 걸었습니다. 모모는 얼른 대문에 세워 둔 자기 빗자루를 들고 올라탔지만, 1밀리미터도 뜰 수 없었습니다. 그도 그럴 것이, 모모가 마법을 부리게 된 건 마녀 학교에 입학한 열두 살 때부터였으니까요.

"어, 너 빗자루를 타고 싶구나? 따라와도 좋아. 걸리적거리지만 않도록 해. 자, 얼른 내 뒤에 타."

그렇게 말하며 에이미가 빗자루에 올라타더니, 엉덩이를 약간 앞으로 빼고 모모를 위해 공간을 내주었습니다. 에이미의 허리를 잡자, 두 발이 땅에서 떨어졌습니다. 어느 틈엔가 마녀 역사 기념관이 작아져 갑니다. 발끝을 힘껏 조이지 않으면 하이힐이 벗겨질 것 같았습니다.

"어라."

돌꽃 동상과 같은 높이까지 떠올랐을 때, 모모는 중얼거렸습니다. 위에서 내려다보니 돌로 만들어진 꽃잎과 수술, 암술이 반짝반짝 빛나고 있었습니다. 아마도 어젯밤 무언가가 별에 부딪힌 충격으로 별 가루가 쏟아져 내렸기 때문이겠지요. 예쁘다기보다는 왠지 두려운 풍경입니다. 돌꽃이 살아 있는 것처럼 번들번들 빛났거든요.

옛날 옛적에, 붉은 꽃이 폭주하여 인간을 잠에 빠트린 시절이 있었습니다. 모모는 불현듯 떠오른 기억에 부르르 몸을 떨었습니다.

'그나저나 에이미는 빗자루를 못 타도 너무 못 타네…….'

이쪽 갔다 저쪽 갔다, 위로 올랐다 아래로 내렸다 하느라 좀처럼 앞으로 나아가지를 않습니다. 망가진 롤러코스터랑 비슷하네요. 모모는 속이 울렁거려서 박쥐 파르페가 도로 올라올 것만 같았습니다.

'하지만 이 아이, 나쁜 애는 아니구나.'

모모는 문득 떠올렸습니다. 어쩐지 자기 어린 시절을 보는 듯했습니다. 어머니 말씀을 잘 듣고 기대에 어긋나지 않으려는 것이겠지요.

에이미의 옆얼굴을 슬쩍 보니, 정말로 온통 집중하느라 땀이 살짝 배어났습니다. 친구들을 고자질하는 데 열을 올리는 심술쟁이처럼 보이지는 않네요. 등을 꼿꼿하게 세우고 있고, 곧게 뻗은 머리카락에서는 차고 새침한 눈 내음이 났습니다.

매들린의 커다란 성이 강 건너 저편에 보이기 시작했습니다.

제4장

남극과 남쪽 나라

자, 이야기를 한 시간 전으로 되돌려 봅시다. 할머니와 싸운 마리는 화가 머리끝까지 치밀었습니다. 원형극장 무대에 털썩 주저앉아 동그란 파이를 통째로 씹어 먹으며 돌의자가 있는 객석을 노려보았습니다.

"마리야, 괜찮아. 나는 신경 안 써."

레이가 말했습니다.

"책에서 읽은 적이 있어. 마녀 세계는 규칙이 너무 많아서 새로운 걸 시작하기가 무척 어렵대. 하는 수 없지, 뭐."

"진짜 바보 같아! 낡아 빠졌고 답답하기 짝이 없어."

"하지만 나는 마녀 세계가 고지식하고, 빡빡한 규칙으로 가득해서 좋은 것도 있어. 그러니 어쩔 수 없네, 포기하지 뭐."

레이는 가볍게 어깨를 움츠렸습니다.

"마녀 학교에 가지 않더라도 마녀에 대한 공부는 그만 두지 않고 마녀 옷차림도 계속 입고 다닐 거야. 난 이 모습 이 제일 잘 어울리고, 멋진 마녀다운 말투나 행동이 내 장점을 돋보이게 하니까."

일찍이 레이에게는 어떤 옷을 입어도 마음에 와닿지 않 는 시기가 있었습니다. 부모님이 꾸리는 부티크에서 어린 이 옷을 있는 대로 다 걸쳐 보았지만, 이것도 아니고 저것 도 아니라며 고개를 갸웃거렸습니다. 어울리는 건 마음에 들지 않았고, 좋아하는 건 어울리지 않는 식이었습니다.

그러던 어느 날, 문득 손에 잡힌 돌꽃 축제용 마녀 드레 스가 몸과 마음에 꼭 맞아 깜짝 놀랐습니다. 어릴 때부터 좋아하던 〈참견쟁이 마녀〉의 모모 흉내를 냈더니, 잘생기고 세련된 레이의 매력이 한층 더 빛을 발하기까지 했지요.

"그리고 언젠가는 마녀보다 마녀를 더 잘 아는 마녀 연구가가 될 거야."

마리는 레이의 말을 듣고도 좀처럼 화를 가라앉히지 못했습니다. 어째서 마녀 학교의 한심한 규칙 때문에 소중한 친구가 꿈을 포기해야 하나요.

"레이도 저렇게 말하니까 그만 뚱한 얼굴 풀어, 마리. 아 참, 돌꽃 축제 때 어떤 무대를 펼칠 거야?"

옆에 앉아 있던 수지가 마리를 달래려는지 화제를 돌렸습니다. 그러자 금세 마리의 얼굴에 미소가 번졌습니다. 입꼬리에는 필래프 밥알이 잔뜩 묻어 있네요.

"그날은 노점에서 박쥐 과자를 잔뜩 팔겠지?"

"응, 박쥐 모양 오렌지 초콜릿 프레츨이 제일 기대돼~."

레이가 설레는 목소리로 말했습니다. 온 거리가 마녀 복장을 하느라 들떠 있는 돌꽃 축제이지만, 평소에도 마녀 옷을 입는 레이는 또 다른 즐거움을 찾은 것 같군요.

"들어 봐. 내가 무대에 올라선 순간, 돌꽃 축제에 나온 박쥐 과자가 몽땅 새까만 진짜 박쥐로 변해서 푸드덕푸드덕 하늘로 날아오르면 어때? 다들 깜짝 놀랄 테니 재미있겠지?"

마리가 배시시 웃자, 수지와 레이는 한참 얼굴을 마주 보았습니다. 그리고 동시에 꺅 소리를 지르며 마리를 양쪽으로 껴안았답니다. 마리는 정말이지 흥미진진한 일을 생각해 낸다니까요. 이러니 두 친구 모두 마리를 좋아하지 않을 수 없습니다. 마리는 으스대듯 두 팔을 벌렸습니다.

"이제 막 먹으려는 박쥐 추로스와 도넛과 쿠키가 진짜 박쥐가 되어서 입을 뻐끔뻐끔, 날개를 파닥파닥하는 거야. 돌꽃 광장은 새까맣게 뒤덮이겠지. 그 박쥐들이 사방팔방 날아와 무대에 선 나를 순식간에 감싸. 그러면 내 몸은 머리 꼭대기부터 발밑까지 박쥐한테 꽁꽁 휩싸이겠지. 다들 무슨 일인가 싶어서 무대를 쳐다볼 때, 기타를 치는 걸 신호로 박쥐들이 하늘로 확 날아올라. 그러면 복장을 갈아입은 내가 짠 등장하는 거야. 머리색도 의상도 새까맣지만, 별 가루랑 알록달록한 별 모양 액세서리로 평소보다 훨씬 화려하게 꾸며야지. 맞아, 마사치카가 그날만큼은 기타로 변신해 주겠대. 기타를 치면서 내가 지은 노래를 부를 거야."

"무슨 노래?"

"제목은 '민달팽이는 온종일 우웩'이야. 아무튼 기대해도 좋아. 명곡이니까."

마리는 자신만만하게 답했고, 레이와 수지는 깔깔거리며 웃음을 터트렸습니다.

"근데 걸리는 게 하나 있어. 내가 진짜 박쥐를 만져 본 적이 없거든. 박쥐 날개가 어떻게 움직이는지 몰라. 얼굴은 어떻게 생겼더라? 머릿속에 진짜 이미지가 떠오르지 않으면, 과자를 제대로 박쥐로 변신시키지 못할지도 몰라."

마법을 쓸 때는 '이렇게 되면 좋겠네, 저렇게 되어라!' 같은 식으로 할 수 있는 만큼 이미지를 정확하게, 망설임 없이 떠올리는 것이 가장 중요합니다. 마리가 어릴 때 그 웬돌린 엄마가 알려준 거랍니다. 마리가 가진 마법의 힘이 강력한 건 마음속에 무언가를 그리는 능력이 다른 누구보다 뛰어난 덕분이지요. 마치 굵은 크레용을 꼭 쥐고 북북 그려나가듯이, 원하는 바를 생생하게 상상할 수 있답니다.

"나도 진짜 박쥐의 길이를 재 보고 싶어. 몇 마리를 모으면 마리의 몸을 빈틈없이 숨길 수 있을지 계산해야지. 어쩌면 돌꽃 축제 때 나오는 박쥐 과자를 전부 싹싹 모아도 부족할지도 모르고…….."

수지는 마리의 동그란 배와 뭉게뭉게 부풀어 오른 머리털을 보며 말했습니다. 한편 레이는 박쥐가 오랜 옛날 마녀와 사이가 좋았다는 걸 떠올리고 있었습니다.

"그럼, 매들린한테 부탁하는 수밖에 없겠네? 어, 안 그래도 저기 지나간다!"

마리가 수지의 말에 고개를 드니, 때마침 매들린이 돌꽃 광장 위쪽을 가로지르고 있었습니다. 오른쪽 어깨에는 두꺼비가, 왼쪽 어깨에는 까마귀가, 그리고 까치집처럼 생긴 머리털 위에는 박쥐가 올라앉아 있었지요. 지저분하고 큰 보따리를 끌고 있어서, 바로 뒤로 모래 먼지가 자욱하게 피어올랐습니다. 그나저나 기분 탓인지 최근 들어 모래 먼지가 심해진 것 같네요.

"좋았어, 내가 말을 걸어 볼게."

마리는 망설임 없이 곧장 무대를 부채 모양으로 감싼 객석을 올라가 매들린 앞으로 뛰어나왔습니다. 레이와 수지도 서둘러 뒤를 쫓아갑니다.

"안녕하세요, 저는 마녀인 마리라고 해요. 매들린 씨, 혹시 제가 그 박쥐를 만져 봐도 될까요?"

이렇게 가까이서 매들린과 이야기를 나누는 건 처음입니다. 가까이에서 보니 매들린의 매부리코에는 큼직한 사마귀가 여러 개 나 있습니다. 마리는 그게 엄청 멋있다는 생각이 들었습니다. 매들린 같은 마녀라면 사마귀 같은 건 당장 없앨 수 있겠지만, 그냥 둔다니 사마귀를 아끼는 게 틀림없어요. 머리 위 박쥐는 새까만 눈을 동그랗게 떴고, 검은 우산처럼 뼈가 구부러진 날개로 조심스럽게 몸을 감싸고 있습니다. 과자 박쥐보다는 밉살스럽고 뾰족한 얼굴이어서 작은 악마 같아요. 마리는 그게 퍽 마음에 들었습니다. 매들린은 마리가 하는 이야기가 전혀 머릿속에 들어오지 않는지, 움푹 파인 눈꺼풀 아래 희뿌연 눈동자로 마리의 얼굴을 빤히 바라다보기만 했습니다.

자신에게 말을 거는 사람은 이 마을에 거의 없으니 놀랄 만도 하지요. 매들린은 갑자기 끝이 갈라진 길고 노란 손톱을 불쑥 들어 마리의 눈두덩이에 댔습니다. 수지는 긴장해서 숨을 삼켰습니다. 매들린이 아이들을 잡아먹는다는 소문을 들었거든요.

"너, 이거 별 가루로구나."

매들린은 자기 손가락에서 반짝반짝 빛나는 걸 바라보며 쉰 목소리로 말했습니다.

"네, 어제 별에서 불꽃이 튀더니 밤새도록 우리 집에 별 가루가 떨어졌어요. 수지네 집에서도 보였대요."

"고렇군. 강 건너에 살아서인지 어젯밤에는 눈치 못 챘어. 아하, 이제야 까닭을 알겠구먼. 이 녀석 상태가 요사이 요상했던 게 이것 때문이었군그래."

그러면서 매들린은 눈을 가늘게 뜨고 돌꽃 동상을 올려

다보더니, 다시 마리에게 눈길을 돌렸습니다. 매들린의 눈동자가 생생하게 빛나고 있다는 걸 마리는 알아챘습니다.

"네 할머니가 모모였지. 모모한테 마을에 위험이 닥치고 있으니, 어서 대책을 세우라고 알려라."

그렇게 말하고는 매들린은 발길을 돌려 보따리를 끌고 걷기 시작했습니다.

"잠깐, 잠깐만요."

마리가 종종걸음으로 달려와 매들린을 마주 보고 섰습니다. 마리가 양팔을 벌려 길을 막자, 까마귀와 두꺼비와 박쥐가 몸을 움찔했습니다. 매들린은 음산한 목소리로 말했습니다.

"너 말이다, 나하고 말도 섞지 말라고 부모한테 들었을 텐데. 봐라, 다들 쳐다보고 있잖냐."

돌아보니 주위를 에워싼 마을 사람들이 두려운 표정으로 구경하고 있었지만, 그런 건 알 바 아닙니다. 마리는 매들린에게 마구마구 물었습니다.

"위험하다니 그게 무슨 소리예요? 저 말이에요, 돌꽃 축제 때 노래를 부를 예정이거든요. 준비도 열심히 했고요. 돌꽃 축제가 중지되면 안 된다고요. 그러니까 뭐든 알려 주세요."

마녀끼리는 빈번히 있는 일인데, 힌트만 살짝 주고 정답을 스스로 찾게 만드는 걸 마리는 제일 싫어합니다. 할머니 세대와 달리, 지금은 할 일이 아주 많으니까요.

"흥, 모모네 손녀답구먼. 모두를 기쁘게 하려고 대단히 열심이야."

매들린이 짓궂게 깔깔거리자, 마리는 부아가 치밀었습니다.

"모두를 위한 게 아니거든요. 제가 노래하고 싶어서 그래요. 저는 남들 앞에 나서서 주목받고 싶다고요. 노래도 제가 직접 만들었으니까요."

매들린은 가만히 마리를 뜯어보더니, 흥 하고 콧방귀를 뀌었습니다. 그런데 얼굴은 유쾌한 듯 빛나고 있네요.

"알겠다. 일단 따라오너라. 여기 서서 이야기하기도 뭣하니, 우리 집으로 와."

매들린은 뒤에 서 있는 레이와 수지에게도 눈길을 주며 말했습니다. 레이는 놀라기도 하고 기쁘기도 해서 입술이 떨려 왔습니다. 매들린은 레이가 목표로 삼은 타입의 마녀는 아니지만, 멋진 마녀가 탄생하기 전 발자취를 배우려면 빼놓을 수 없는 역사적 존재거든요. 또, 한 마리 늑대와 같은 면도 썩 근사하다고 생각하고요. 어머니와 아버지에게는 혼날지도 모르지만, 매들린의 성에 무엇이 있는지 두 눈으로 똑똑히 보고 싶은 마음이 훨씬 컸답니다.

마리와 레이와 수지는 매들린의 뒤를 따라 광장을 가로지르고, 오솔길을 지나, 강 건너 성 앞에 도착했습니다. 푸른빛이 감도는 회색 바위벽은 여기저기 무너졌고 거미줄이 쳐 지어 있었지만, 마리네 학교 운동장보다 훨씬 더 큰 것 같았습니다. 가늘고 긴 푸딩 모양의 건물 꼭대기에는 탑 세 개가 왕관 모양을 이루고 있었고요. 강에 걸린 다리를 건너자, 다리가 올라가서 방금 들어간 입구를 막아 버렸습니다. 이제 돌아갈 수도 없네요.

매들린은 보따리를 땅바닥에 놓고는 두 손으로 나무문

손잡이를 힘껏 잡아당겼습니다.

그 순간 눈앞이 새하얘지더니, 마리의 얼굴로 차가운 무언가가 확 뿜어졌습니다. 문 너머로 펼쳐진 것은 온통 흰 눈으로 덮인 경치였습니다.

"와아!"

레이와 수지가 소리쳤습니다. 매들린이 그 차림으로는 추울 거라고 중얼거리며 흘끗 바라보자, 어느새 세 사람은 포근한 안감을 덧댄 코트를 두르고 털모자를 쓰고 있었습니다.

옅은 푸른색과 분홍색이 뒤섞인 하늘에는 오로라가 펼쳐져 있고, 그 풍경이 비친 바다에는 거대한 빙하가 둥둥 떠 있습니다. 수많은 펭귄과 북극곰이 여기저기에서 제각기 놀고 있고요. 매들린이 문짝을 닫자, 양쪽으로 열렸던 대문이 눈보라와 함께 쓱 사라졌습니다.

"대단해요. 여긴 남극인가요? 아니면 북극?"

수지가 묻자, 매들린은 보따리에서 방금 사 온 콜라병과 아이스크림, 고기와 생선, 와인, 과일, 버터를 순식간에

꺼낸 뒤
발밑의 눈 속에
묻었습니다.

"여기에는 남극과 북극의 동
물이 다 지내고 있어. 살다 보면 냉
장고가 필요하니까, 아무래도 눈은 1층에 있는
게 편하겠지?"

그렇게 말하며 매들린은 싱긋 웃었습니다. 마리가 그새
를 못 참고 눈을 하나 뭉쳐 수지의 등짝에 던졌습니다. 수
지가 꺅 소리치더니 눈덩이로 마리의 배를 맞혀 되갚았습니
다. 레이도 바로 끼어 세 친구는 한동안 까르르 소란을
피우며 눈싸움했지요. 펭귄들이 이쪽에 관심을 가진 모양
인지 뒤뚱뒤뚱 걸어오더니 주위를 둘러쌌습니다. 멀리서
봤을 때는 배가 볼록하고 귀여운 펭귄도, 가까이서 보니

박쥐처럼 밉살스럽게 퉁명스러운 얼굴을 하고 있군요. 마리는 그 점이 마음에 든 모양입니다.

"자자, 이제 좀 추워졌겠지. 슬슬 따뜻한 곳에서 몸을 녹이자꾸나."

매들린은 눈밭에 누워 손발을 마구 휘저으며 천사 날개를 만들고 있는 아이들을 내려다보며 말했습니다.

"어, 괜찮아요! 우리는 계속 여기 있고 싶은데요."

마리가 입을 삐죽거렸습니다. 레이는 눈으로 작은 토끼를 만들어 두 손에 소중히 올려 두고 있었습니다.

"그럴 순 없다. 너네들이 감기라도 걸리면 너희 부모한테 무슨 욕을 들을지 몰라. 자, 2층으로 이동하자."

매들린이 푸른 수정처럼 투명한 얼음 벽돌로 만들어진

돔으로 마리와 친구들의 등을 떠밀었습니다. 등 뒤에서 얼음 문이 닫히고 발밑이 흔들흔들하더니, 굉장한 속도로 위로 올라가는 것이 느껴졌습니다. 레이와 수지와 마리가 서로 부딪히며 깔깔대는 와중에 문이 열렸습니다. 이번에는 습기를 머금은 뜨거운 바람과 잘 익은 과일 향이 밀려오는 게 아니겠어요. 눈앞에 탁 트인 푸른 하늘과 투명한 바다, 그리고 흰 모래사장과 야자수가 있었습니다. 저 멀리 갈매기가 날고 있고, 파도 사이로 돌고래가 뛰어올랐습니다. 뒤돌아보면 울창한 정글이 펼쳐져 있고요. 바나나 나무에서 커다란 새들이 날아오르며 빨강과 초록 날개를 펄럭였습니다.

어느 틈엔가 코트와 털모자가 사라지고, 싸늘하니 움츠러들었던 몸이 갑자기 느긋하게 풀어졌습니다. 레이 손 위에 놓인 눈 토끼가 눈 깜짝할 사이에 녹아 흘러내렸습니다. 그걸 본 레이가 슬픈 목소리로 비명을 지르자, 마리가 서둘러 '생명의 마법'을 불어넣었지요. 다시 살아난 눈 토끼는 하얀 모래사장으로 뛰어내려 꽃게와 소라게 사이를 깡충깡충 뛰어다녔습니다. 마리와 수지, 레이의 옷도 어느새 팔과 다리를 내놓은 원피스로 변해 있네요. 매들린은 알로하셔츠를 걸치고 선글라스를 낀 시원스러운 차림새를 하고 있습니다.

"이렇게 추웠다 더웠다 하면 신진대사가 활발해져서 노인네 건강에는 좋단다. 하지만 한겨울에 집으로 들어왔는데 남극이면 괴로우니까, 종종 1층과 2층을 뒤바꾸기도 하고, 가끔은 한 층 건너 곧장 3층으로 갈 때도 있지."

매들린이 그렇게 설명하며 손가락을 퉁기자, 선베드와 무지개색 파라솔, 그리고 빨대가 꽂힌 코코넛 열매가 각기 네 개씩 모래사장 위에 뿅 하고 나타났습니다. 아이들과 매들린은 일단 거기 누워 코코넛 주스를 마셨답니다. 차가운 눈도 좋지만, 따뜻한 햇살은 또 얼마나 훌륭한지요. 눈을 감으면 눈꺼풀까지 얇은 토스트처럼 노릇노릇 익어 가는 느낌이랍니다.

"이곳 바다에서는 맛있는 생선과 조개가 난단다. 뒤쪽 정글에는 천연 온천이 샘솟고, 자그만 폭포와 맑은 계곡도

흐르지. 잘 익은 달콤한 과일도 잔뜩 열리고 말이야. 원숭이, 하마, 악어도 산단다."

"굉장해. 이 성에 있으면 매일 세계여행하는 기분이겠다. 밖에 나갈 필요가 없어."

마리가 코코넛 빨대에서 입술을 떼고 말하자, 매들린은 기분 좋은 듯 눈을 감았습니다. 태양 아래에서 보는 매들린의 사마귀는 한층 더 크게 부풀어서 반들반들했습니다.

"딱 그 생각으로 어릴 때 이곳을 만들었지. 나는 뭐든지 혼자서 마음껏 누리는 걸 좋아하거든."

"그럼, 매들린 씨가 저질렀다는 나쁜 짓이란 건……."

수지가 두근두근하는 마음으로 눈을 반짝이며 다음 이야기를 재촉했습니다. 매들린은 선글라스를 휙 내리고 빙긋이 웃었습니다.

"맞아. 난 인간을 위해서가 아니라 나를 위해서만 마법을 썼단다. 그것도 작은 마법이 아니야. 어마어마한 초대형 마법이지! 내 모든 힘을 다 쥐어짜서, 오직 나만을 위해 이 성을 지었거든. 그러니 나는 매일매일 즐겁고 아주 행복하기 그지없지."

"매들린은 진짜 최고야. 껴안아도 될까?"

마리는 자기도 모르게 선베드에서 몸을 일으켰습니다.

"그럼."

매들린은 뜻밖인 듯했지만, 고개를 끄덕이고 자기 품으로 펄쩍 뛰어온 마리를 밀어내지 않았습니다.

"후후, 이게 끝이 아니지. 내가 제일 좋아하는 3층도 보여주고 싶구나."

매들린이 쑥스러운 듯이 웃으며 마리의 어깨를 가볍게 톡톡 두드리고 야자수 쪽으로 걸어갔습니다. 마리와 친구들도 매들린의 뒤를 따라 나무 밑으로 난 작은 문 앞에서 몸을 구부리고 엘리베이터로 들어갔습니다. 나뭇결이 새겨진 엘리베이터는 흔들림 없이 쓱 위로 올라갔지요. 문이 좌우로 열리자, 종이와 잉크 냄새가 풍겨서 레이가 환호성을 질렀습니다.

남극이나 해변보다도 훨씬 더 넓은 공간이었습니다. 앞뒤 좌우로 문어발처럼 구불구불 몇 킬로미터나 늘어선 것은, 다름 아닌 맨 꼭대기부터 밑바닥까지 책으로 들어찬 책장이었습니다. 저 멀리 있는 책장은 안개와 구름에 휩싸여 보이지 않을 정도입니다. 그 앞에는 사다리 여러 대가 스스로 달그락달그락 바퀴를 굴리며 이쪽저쪽 오고 갔습니다.

"무슨 책을 읽고 싶은지 저 사다리에게 말만 하면 알아서 데려다준단다. 여기는 없는 책이 없어. 매일 들여오니까 말이야. 그래서 이 공간은 바로 지금 이 순간에도 우주처럼 속속 팽창하고 있지."

책벌레인 레이와 수지는 얼른 가까운 책장 앞에 쪼그려 앉더니 불러도 대답이 없었습니다. 책을 싫어하는 마리는 친구들에게 질려서 둘을 마구 끌어당겼습니다. 어느 틈에 셋 다 이 성에 발을 디디기 전 옷차림으로 되돌아와 있었습니다.

"하하하, 그렇게 책을 좋아하면 언제든지 놀러 오려무나. 오늘 너희들에게 보여주고 싶은 다른 방이 또 있단다."

매들린은 슬라이드 책장 하나를 힘차게 옆으로 밀었습

니다. 그러자 거기에는 책이 아니라, 영화관이 펼쳐져 있습니다. 한쪽 벽 전체에 걸린 스크린에 상영 중인 작품은 마리가 남몰래 보고 싶어 한 영화였습니다. 핼러윈 호박 귀신이 죄도 없는 인간을 공격하는 신작이지요. 레이도 수지도 깜짝 놀라서 그제야 책에서 눈을 떼고 자리에서 일어섰습니다. 등 뒤에서 닫힌 책장은 어느 영화관에서나 볼 수 있는 평범한 문으로 바뀌었습니다.

"평소에는 여기서 쉬고 잠도 잔단다. 예전부터 영화관에서 나는 냄새를 좋아했거든."

매들린은 영화관 의자에 털썩 앉으며 말했습니다. 마리도 곧바로 그 옆을 차지했습니다. 수지와 레이도 나란히 앉았지요.

캄캄하기만 한 줄 알았는데, 눈이 점점 어둠에 익숙해지자 영화관 벽마다 횃대가 놓여 있고 그 위에 박쥐와 까마귀가 빼곡히 앉은 게 보였습니다. 바닥에는 두꺼비들이 가득 웅크리고 있었고요.

"집에 영화관이 있다니, 진짜 최고다."

마리는 두꺼비 세 마리가 어슬렁어슬렁 가지고 온 팝콘을 입안 가득 넣고 우물거리며 말했습니다. 버터가 잔뜩 들어가 고소했기에 먹어도 먹어도 질리지 않았답니다. 게다가 시끄럽게 떠들며 영화를 봐도 뭐라고 하는 사람이 아무도 없으니, 정말로 더할 나위 없이 즐거웠어요.

"그렇지. 옛날에 너희 할머니 모모하고 나는 〈참견쟁이 마녀〉가 개봉했을 때 영화관에서 볼 수 없었단다. 기대를 많이 했는데 말이다."

"모모 할머니가 모델인데? 말도 안 돼!"

마리는 씩씩거리며 소리쳤습니다.

"그렇다마다. 우리가 어렸을 땐 마녀가 영화관에 출입할 수 없었어."

"도대체 왜?"

"영화를 볼 때는 주변이 이렇게 캄캄해지잖니? 그래서 어둠 속에 마녀가 있으면, 혹시 인간에게 나쁜 짓을 저지르는 게 아니냐는 소문이 돌았지."

"그건 이유도 증거도 없는 편견이잖아."

마리는 어처구니가 없다는 표정으로 말했습니다. 매들린도 어깨를 으쓱했습니다.

"그 말대로야. 그래서 나는 이따위 것들 다 필요 없다고 여기고, 인간하고는 되도록 관계를 맺지 않고 살기로 다짐했다. 그러는 쪽이 인간한테나 마녀한테 편할 테니까 말이야. 동시에 이런 결심도 했지. 언젠가 우리 집에 영화관을 만들어서 내 멋대로 뭐든지 다 보자."

마리도 수지도 레이도 정신없이 박수를 쳤습니다. 마치 훌륭한 영화가 끝나고 스크린에 엔드 크레딧이 올라갈 때처럼요. 매들린은 득의양양한 얼굴입니다.

"하지만 모모는 달랐어. 그 아이는 인간과 가깝게 지내며 살아가기로 결심했지."

"그랬구나, 매들린은 모모 할머니랑 친구였어……. 우리 할머니가 한 일, 아직 원망해?"

마리가 물으면서 두근두근 마음을 졸인 것이 무색할 정도로 매들린은 담담하게 말했습니다.

"원망 같은 거 안 한다. 모모가 인간에게 도움을 주는 마녀가 된 건 스스로 결정한 게 아니라 어머니 방침을 따랐을 뿐이니까. 약간 쓸쓸하긴 했다만. 그 아이는 그 아이대로 자기 길을 갔고, 그게 대단하다는 생각은 변함없어. 단지 나하고 사는 방식이 달랐을 뿐이지. 나는 멋진 마녀들을 미워하거나 원망하지 않아."

마리는 허리춤에 해골을 잔뜩 단 호박 유령이 디스코를 추는 것을 바라보면서, 다른 마녀들이 매들린에게 품고 있는 오해를 풀고 싶다고 진지하게 생각했습니다.

이윽고, 지금까지 스크린을 가득 메웠던 춤추는 호박

유령이 사라졌습니다. 대신 옆 반 아이 에이미와 에이미의 여동생인지 처음 보는 어린 여자아이 얼굴이 나타났습니다.

"어, 옆 반…… 에이미? 맞지?"

수지가 소리치자, 매들린이 곧장 무슨 사정인지 알려 주었습니다.

"이건 남극을 날아다니는 까마귀가 지금 보고 있는 광경이란다. 우리 집을 드나드는 까마귀, 박쥐, 두꺼비의 눈알은 이 스크린과 이어져 있거든. 녀석들이 보는 건 죄다 여기 영화관에서 확인할 수 있지. 이쪽은 성 바깥을 나는 까마귀가 살피는 풍경이다."

에이미와 여자아이는 매들린의 성 2층에 난 둥근 창문에 머리가 껴서, 옴짝달싹 못 하는 것 같았습니다. 둘 다 눈앞에 펼쳐진 푸른 바다와 흰 모래사장에 기겁했는지, 다리를 버둥거리고 있네요. 레이가 풋 하고 웃음을 터트리고는 미안한 듯 얼른 손으로 입을 가렸습니다.

"너희 친구라니 나쁜 녀석들은 아니겠지만, 나는 내 생활 리듬이 깨지는 건 못 견뎌. 까마귀들에게 지금 당장 내 앞에 데려오라고 해서 남의 집에 함부로 들어오는 건 못쓴다고 일러둬야겠다."

레이와 수지와 마리는 조용히 서로 시선을 주고받았습니다. 에이미 같은 우등생이 도대체 왜 저런 곳에 있는 걸까요?

"참, 하마터면 너희들을 이리로 데려온 이유를 잊을 뻔했군. 이걸 보려무나."

별안간 매들린이 바로 옆 횃대에 있던 박쥐를 번쩍 안아 올려 작은 얼굴을 스크린에 갖다 대었습니다. 박쥐가 눈을 반짝이자 정면에 있는 스크린에 밤하늘이 나타났습니다.

"영사기 같네! 착하지, 착해."

그걸 보고 놀란 레이가 박쥐를 달래려고 손을 뻗자, 박쥐는 짜증이 났는지 날개로 몸을 감싸곤 카악~ 하고 낮게 신음했습니다.

"이 녀석은 우리 집에서 제일가는 고참 할아버지 박쥐

란다. 보다시피 옹고집이지."

마리는 그 박쥐를 한참 바라보았습니다. 이 박쥐를 어디에선가 본 기분이 들었거든요. 그게 어디였는지는 잊어버렸지만……

매들린의 성을 드나드는 까마귀와 박쥐와 두꺼비는 한밤중에 돌꽃 마을 여기저기를 돌아다니며 갖가지 광경을 눈에 기록하고 특이한 점이 있으면 이 스크린에 띄운다고 합니다.

"엄청나다. 매들린과 이 아이들이 우리 마을을 살피고 지켜준 거야?"

"모두를 위해서가 아니야. 난 말이지, 오래전부터 나쁜 취미가 하나 있거든. 인간들의 비밀이나 거짓말을 몰래 훔쳐보는 걸 즐기거들랑."

매들린은 짐짓 새초롬한 얼굴을 하고 말했습니다. 스크린에는 어젯밤 보름달과 별이 나오고 있습니다. 별에서 불꽃이 일면서 반짝반짝 빛나는 파편이 하늘을 은빛으로 물들였습니다.

"요 며칠 밤하늘에서 별 가루가 떨어졌지. 돌꽃 마을에도 내린 탓에 먼 옛날에 마법으로 만든 결계가 풀리기 시작했어. 밤하늘 별만이 유일하게 마법을 이길 수 있거든. 조만간 마녀 학교에서 배우겠지만, 이건 미리 알아 두면 쓸모가 있을 거다. 그러니까 마리도 그런 식으로 별 가루를 여기저기 몸에 붙이고 다니지 말거라. 타고난 마력이 약해지니까."

매들린은 마리를 빤히 쳐다보더니, 눈이 휘둥그레졌습니다.

"맙소사, 네 그 머리카락과 눈동자 색도 마법을 부린 거구면. 몸에 별 가루를 묻히고도 풀리지 않는다니, 대단한 마력이야. 역시 모모의 손녀답군그래."

"하지만 왜 하늘에서 별 가루가 내리는 거야? 지금까지 그런 일은 없었는데."

"운석이 다가오고 있는 게 아닐까?"

흥미진진한 표정으로 수지가 말했습니다. 일찍이 이 마을에 거대한 꽃이 생긴 것은 그 직전에 떨어진 운석이 원

102

인이라고 책에서 읽었거든요.

"아니……. 이건……. 지로, 조금 더 확대해 봐."

매들린이 박쥐에게 명령했습니다. 그러자 스크린의 달이 아주 커졌습니다. 처음에는 달의 무늬인가 싶었는데, 그 앞에 떠오른 그림자를 보고 마리는 숨이 멎는 듯했습니다. 빗자루에 올라타 밤하늘을 날고 있는 건 다름 아닌 그웬돌린 엄마입니다. 오른손에 든 지팡이로 휙휙 쏜 불덩어리가 밤하늘의 별에 닿자 불꽃이 떨어졌습니다. 그웬돌린 엄마는 별이 부서지는 것은 신경도 쓰이지 않는지 무표정한 얼굴로 자꾸자꾸 별을 공격했습니다.

"헉, 어젯밤 떨어진 별 가루가 그웬돌린 엄마 때문이란 거네. 그래서 돌꽃에 걸린 마법이 풀린다는 거야?"

수지는 무슨 영문인지 몰라서 어리둥절한가 보군요.

"본인한테 직접 확인해야겠지만, 적어도 어젯밤 떨어진 별 가루는 그웬돌린 책임이군."

마리는 어안이 벙벙했습니다. 항상 정신없이 바빠 보였고, 어제만 해도 밤늦게까지 예언 데이터를 정리하고 계산하던 그웬돌린 엄마예요. 도대체 왜 일부러 한밤중에 밖으로 나가 저런 행동을 할까요? 하지만 마리보다 훨씬 더 충격을 받은 쪽은 레이입니다.

동경하는 마녀가 어째서 마을 모두의 생명을 위험에 빠트리는 짓을 저지르는 걸까……. 아이들이 쥐 죽은 듯 조용해지자, 매들린은 상황을 수습하려는 듯이 말했습니다.

"그웬돌린한테도 분명 이유가 있을 거다. 돌꽃의 결계가 약해진다고 해서 세상이 끝나는 것도 아니고. 다시 한번 이 마을 마녀가 다 같이 모여서 새로이 마법을 걸면 문제는 해결이지. 조만간 돌꽃 축제 어쩌고 하는 게 열린다면서? 다들 노래하고 춤추는 연습을 할 때 광장에 모여 마법을 부리면 딱 맞겠구나."

'뭐야~! 그렇다면 오히려 신나는 일이네.'

엄마와 할머니 세대 마녀가 대형 마법을 부리는 장면을 볼 기회는 좀처럼 없었어요. 멋진 마녀들은 인간에게 소소한 기쁨을 주는 작고 귀여운 마법 정도만 즐겨 썼습니다. 마리는 휴 하고 가슴을 쓸어내렸습니다.

"……문제는 옛날처럼 모든 마녀가 대형 마법을 쓸 줄 아느냐인데."

매들린이 혼잣말처럼 툭 던진 말에, 마리는 고개를 갸웃했습니다. 그때 영화관 뒷문이 열리더니, 박쥐와 까마귀가 쫓기듯 날아왔습니다. 그 뒤로 에이미와 작은 여자아이가 머뭇머뭇하는 얼굴로 들어오네요. 마리와 친구들을 보자마자 에이미는 얼굴이 새빨개져서 고함쳤습니다.

"저는 아무 근거도 없이 이 성에 들어온 게 아니에요! 마리와 다른 애들이 매들린을 따라가길래 걱정되어서 상황을 살피러 왔을 뿐입니다."

에이미는 당장이라도 울음을 터트릴 얼굴을 하고도 얄밉게 턱을 휙 돌리는군요.

'엥, 굳이 그럴 필요 없는데. 게다가 오늘은 모처럼 노는 날인 토요일이라고!'

마리는 당황스럽긴 했지만, 일단 석연치 않은 표정으로 사과했습니다.

"음, 미안해, 에이미. 귀찮게 해서."

그런데도 에이미는 계속 시선을 피했습니다. 마리는 이상하다 싶어서 그 얼굴을 들여다보려 했지만, 에이미는 아예 등을 확 돌려 버렸습니다.

"어, 넌 누구니? 못 보던 아이네."

레이가 쪼그려 앉아 에이미 옆에 있는 여자아이를 살폈습니다. 레이는 어린아이에게 무척 친절하거든요. 그런데 그 아이는 흠칫하며 고개를 숙였습니다. 그때, 매들린이 외쳤습니다.

"너, 모모 아니야? 그런 모습으로 뭘 하는 게야."

작은 여자아이는 눈이 동그래져서 도망치려 했지만, 자기 발에 자기가 걸려 엉덩방아를 찧고 말았습니다.

그 얼굴을 보고서야 마리는 알아챘습니다. 이 아이는 아까 마녀 역사 기념관에서 본 사진 속 어린 시절 할머니와 똑 닮았다는 사실 말이지요.

제 5 장

그웬돌린의 비밀

그웬돌린은 침실 침대에서 쭉 자고 있습니다. 이렇게 긴 시간 아무것도 하지 않는 게 몇 년 만인지요. 엄마가 되기 전, 아니, 마녀 학교에 들어간 때보다 훨씬 전일까요?

"별을 파괴한 벌로 수정 구슬, 지팡이, 그리고 빗자루를 몰수하고, 한 달간 마법 금지 처분을 내립니다."

선배 마녀로부터 그 선고를 받고 한나절이 지났습니다.

언제부터였을까요? 인간의 미래를 정확하게 내다보는

일이 괴로워서 견딜 수가 없습니다.

그웬돌린의 수정 구슬 속에는 여러 사람에게 닥칠 끔찍한 최악의 미래가 매일 비칩니다. 차마 여기에 적을 수조차 없을 정도지요. 착한 사람이 말도 안 되게 슬프고 가혹한 일에 처합니다. 그웬돌린은 그걸 피할 수 있는 대책을 손님들이 되도록 겁먹지 않도록 전달하는 일밖에 할 수 없습니다. 밤에는 허브티를 마시고 얼른 잠자리에 드는 편이 좋아요. 정기적으로 병원에 가서 건강검진을 받으시지요. 운이 트이려면 아무개는 만나지 않도록 하세요. 이런 식으로요. 사업에서 크게 실패할 겁니다. 오 년 후에 죽습니다. 누가 당신을 독살하거든요. 누가 이렇게 대놓고 말할 수 있겠어요.

별을 파괴했다고 고백하자, 마녀들은 모두 경악하면서도 업신여기는 눈초리로 그웬돌린을 흘겨보았습니다. 마리는 살짝 놀라기는 해도 곧장 깔깔 웃으며 원래대로 돌아왔지만, 유키 씨는 충격으로 말도 잘 못 꺼내는 듯했습니다. 어쩌면 예언의 집 문을 닫아야 할지도 모르지요. 하지만 그웬돌린은 마음 한구석이 편안했습니다.

어젯밤 마을 회관에서 열린 긴급 마녀 회의에 모모 할머니가 참석하지 않자, 베테랑 마녀들은 동요했습니다. 무슨 일이 생기든 언제나 완벽한 리더 역할을 했던 모모 할머니였는데 말이지요. 이렇게 중요한 순간에 얼굴을 비치지 않는 건 처음입니다.

"모모 할머니께서는 편찮으셔서 주무시고 계십니다. 할머니께서 건강을 되찾으실 때까지 제가 대신 리더 역할을 맡겠습니다."

그렇게 말하며 당당히 앞으로 나선 건 어찌 된 영문인지 마리였습니다. 어째서 저렇게 어린아이가 나서는 것이냐며 회의실이 술렁였지만, 의장 자리에 앉아 모모 할머니의 망토를 두르고 모자를 쓴 마리는 신나 보이기까지 하네요.

"모모 할머니로부터 다음과 같은 전언이 있었습니다. '별 가루가 떨어진 탓에 돌꽃 동상에 걸어둔 마법 결계가 무너지고 있다. 그러니 즉시 새 결계를 쳐라.' 일요일인 내일 오후에 열릴 돌꽃 축제 리허설 때 다시 결계를 치도록 하지요."

그러자 마녀들이 의문스러운 목소리로 물었습니다.

"잠깐만. 어째서 갑자기 별 가루가 생긴 거지?"

"예전에는 운석이 떨어져서 그랬다지만, 지금은 그런 일도 없잖아."

"으음, 별 가루가 내리는 이유는 있지요, 다름이 아니라……. 어떤 마녀가 별을 쏘았기 때문입니다."

마리가 머뭇거리며 말하자, 회의실이 떠들썩해졌습니다.

"도대체 누구야?"

"어떤 자가 그런 짓을 벌였지?"

마리는 난처하다는 듯이 손가락으로 앞쪽을 가리켰습니다. 모두가 경악하며 동시에 그웬돌린을 쳐다보았습니다. 마을에서 가장 훌륭한 마녀가 자기 딸로부터 고발당하다니요. 다들 숨을 삼키고, 그웬돌린이 입을 열기를 기다

렸습니다.

"별 가루가 마력을 약하게 한다는 사실을 가볍게 생각했습니다. 대단히 죄송합니다."

한참 뒤에서야 그웬돌린이 낮은 목소리로 입을 열고, 자리에서 일어나 깊이 고개를 숙였습니다.

"자기 전에 별을 쏘면 머리와 마음이 맑아져서 잠이 잘 왔습니다. 수많은 사람의 미래를 예언하는 탓에, 머리가 지끈거리고 화가 치밀어서 아무리 시간이 흘러도 잠들 수 없었습니다. 실은, 여태까지 쭉 밤에 제대로 잔 적이 없다시피 합니다."

정말 그 말대로입니다. 언제부터인지 침대에 누워 있으면, 예언의 집으로 찾아온 손님들의 검은 미래가 어둠 속에서 끊임없이 떠오르는 듯했습니다.

불행을 피할 충고는 할 수 있지만, 결정적인 미래는 건드릴 수 없다는 게 예언의 규칙입니다. 그걸 어겨서라도 눈앞에 있는 인간을 도와야 하는 게 아닌가 하는 불안감으로 숨이 제대로 쉬어지지 않았습니다. 마을 사람들을 속이는 형편없는 마녀가 된 것 같았습니다. 돌이켜보면 항상 그랬습니다. 어렸을 때부터 모두가 그웬돌린은 뛰어나고 똑똑한 마녀라고 칭찬해 주었습니다. 하지만 사실 누구보다 몇십 배나 노력해서 겨우 눈에 띄는 정도였는데 말이지요. 마리처럼 공부를 싫어하고 제멋대로 살고 있는데도, 초대형 마법을 부리고 아무렇지 않게 툭 꺼낸 말이 반 아이를 홀리는 대범한 솜씨는 도무지 흉내도 못 냅니다. 애초에 예언이 잘 맞고 재미있다고 생각한 적은 단 한 번도 없습니다. 그저 그웬돌린이 쓰는 마법 중에서 예언이 가장 인기 있었을 뿐이에요. 다들 불안을 품고 살면서, 상처받지 않을 선 안에서 진실을 원했습니다.

하지만 그게 정말로 도움이 된다고 말할 수 있을까요?

'나는 모두를 속이고 있어.'

사랑하는 유키 씨가 옆에서 따뜻한 숨을 내쉬며 새근새근 자고 있고, 이불에서는 포근한 햇살과 라벤더 향기가 나고, 벽 너머에는 사랑하는 딸아이와 고양이 정령이 잠들어 있는 일상을 누리는 자신이 뻔뻔하게 여겨졌습니다. 한참을 잠들지 못하고 있으면, 창밖의 별이 신경 쓰이기 시작합니다. 반짝반짝 빛나는 밤하늘에 공연히 화가 치밉니다. 처음에는 살짝 장난기 어린 기분으로 저지른 일이었어요. 침대를 빠져나와 빗자루를 타고 하늘 높이 날아가서, 딱 한 번 멀리 있는 별을 쏘았습니다. 지팡이에서 솟아오른 뜨거운 불덩이가 별똥별처럼 반짝이는 꼬리를 그리며 까마득히 멀리 있는 별을 팍 깨부수었을 때, 손에 전달된 감각을 잊을 수가 없었습니다. 아까까지만 해도 응어리져 있던 고민이 밤하늘에 흩어져 버렸으니까요.

온몸이 별 가루투성이가 된 게 걱정되어서 그날 밤은 욕실에서 몸을 꼼꼼히 씻고 잠자리에 들었습니다. 그러나 이튿날도 수월하게 마법을 쓸 수 있었고, 오히려 체력이 더 좋아진 느낌까지 들었지요. 별 가루가 묻어도 마법이 약해지지 않는다는 걸 안 그웬돌린은 다소 의기양양해졌습니다. 아무에게도 말할 수 없는 비밀이란 주머니에 숨겨둔 쌉싸름한 초콜릿과 비슷하답니다. 별을 쏜 다음 날은 불안이 씻은 듯 사라지고, 일이 즐겁게 술술 풀렸습니다. 별을 깨부수는 밤은 계속 늘어가고, 마을 길가에 반짝반짝 빛나는 별 가루는 되도록 못 본 척했습니다. 마을에 사는 마녀의 건강에도 전혀 영향이 없는 것 같았고, 무엇보다 한집에 사는 마리가 활기차 보였으니까요.

'별이 마법을 약하게 한다는 건 아주 오래된 미신. 그래, 미신이야.'

지금, 의장석에 앉아 있는 딸아이가 이상하다는 듯이 이쪽을 보고 있습니다.

마녀들은 하나같이 입을 열지 않았습니다.

그웬돌린이 자리에서 일어나 조용히 회의실을 나갔습니다. 유키 씨가 서둘러 뒤쫓았습니다.

침실 문을 노크하는 소리가 들렸습니다.

"들어와요."

그웬돌린이 답하자, 유키 씨가 유리잔이 놓인 쟁반을 받쳐 들고 조심스럽게 들어왔습니다.

"꿀하고 몸에 좋은 꽃을 잔뜩 넣은 포트와인이야. 괜찮으면……."

그 말과 함께 따뜻한 잔을 내밀었습니다. 포트와인은 대부분 적포도주로 만들지만, 유키 씨는 백포도주를 씁니다. 그웬돌린이 양손에 받아 들자, 투명한 술 안에서 캐모마일과 달맞이꽃과 흰 국화가 활짝 피어나듯이 풀어졌습니다. 마치 작은 수조 같았습니다.

어린이 독자 여러분에게는 아직 잘 와닿지 않겠지만, 술이란 몸에 맞으면 무척 맛있어서 마음이 괴로울 때 마시면 기분을 한결 풀어 주는 역할을 한답니다. 어른이 되면 한

번 맛봐도 좋아요.

유키 씨는 침대 끝에 앉아 조용히 말을 꺼냈습니다.

"미안해. 내가 먼저 알아챘어야 했는데. 당신이 일 때문에 이렇게나 스트레스가 쌓인 걸 미처 헤아리지 못했어."

스트레스라는 말에 그웬돌린이 동요했습니다.

'스트레스? 다른 누구도 아닌 이 그웬돌린이 스트레스를 받고 있다고?'

멋진 마녀는 스트레스 따위 생기지 않습니다. 멋진 마녀는 아무리 위험하고 힘든 일이 닥쳐도 휘둘리지 않고, 재빨리 묘안을 떠올려서 태연한 얼굴로 지팡이를 한 번 휘두르는 것으로 모든 문제를 해결하는 존재입니다. 그런데 이건 마치…… 나약한 인간이 된 것 같잖아요! 유키 씨는 그웬돌린의 심장이 쿵쾅쿵쾅 뛰고 있다는 걸 전혀 눈치채지 못하고 말을 이었습니다.

"그웬돌린은 마음씨가 고와서 인간의 불행이 훤히 내다보이는 게 괴로웠던 거지? 도울 일은 없을지, 뭐라도 해야 하는 게 아닐까 하면서 책임감에 시달렸겠지. 하지만 그

누구의 불행도 그웬돌린 탓이 아니야. 안 그래도 내가 예전부터 생각하던 게 있어. 예언 상담을 절반으로 줄이면 어떨까?"

"그랬다가는 우리 가족이 굶어 죽어."

그웬돌린은 무뚝뚝하게 대답했습니다. 토요일도 일요일도 없이 일하고 있지만, 형편은 넉넉하지 않았습니다. 앞으로 마리가 성장해서 마녀 학교에 다니게 되면 학비는 물론이고 망토와 지팡이, 사전과 교과서, 크리스마스 왕국으로 가는 겨울 수련회비 등 돈은 끊임없이 들어갈 것입니다.

"그러니까 전부 예약제로 돌리고 금액도 올리자. 당신 예언이라면 비싸도 상관없다는 사람도 적지 않을 거야. 솔직히 지금은 너무 저렴하긴 해. 실은 수지가 손님 수를 4분의 1로 줄여도 수지맞는 가격표를 만들어 줬어."

그웬돌린은 깜짝 놀라서 유키 씨를 쳐다보았습니다. 수지와 그런 이야기를 나누었다는 건 금시초문이거든요. 그 말대로 예언 요금은 머핀 한 개 값 정도로 아주 저렴해서, 누구나 줄만 서면 예언을 들을 수 있습니다. 그래서 다들 그웬돌린의 가게로 밀려드는 겁니다. 그 수가 4분의 1이 된다면 얼마나 마음이 편해질까요.

하지만 갑자기 값을 올린다면 단골손님들이 뭐라고 할지……. 더 이상 그웬돌린을 멋진 마녀로 보지 않을 겁니다. 그게 제일 두렵습니다. 그야 그럴 수밖에 없는 것이, 수완 좋게 돈벌이하려는 모습은 멋진 마녀에게 가장 어울리지 않으니까요. 오래전, 마녀는 절대로 돈을 받아서는 안 된다는 규칙이 있었습니다. 돈 대신에 인간으로부터 꽃 한 송이나 따뜻한 말 한마디, 혹은 입던 치마 같은 작은 선물을 받고 만족해야 하는 시대도 있었어요. 멋진 마녀는 사치나 명성이나 안락한 생활 따위는 관심 없다는 얼굴로, 숲에서 나는 걸로 직접 수프를 끓이고 할머니 마녀로부터 물려받은 드레스로 깔끔히 몸을 단장할 뿐 호화롭게 살면 안 되지요. 그보다 인간이 행복해질 수 있도록 자기 자신은 뒷전으로 돌리고 부단히 노력해야 합니다. 그건 지금도 크게 다르지 않습니다.

"나는 그웬돌린이 멋진 마녀보다는 행복한 마녀가 되길

바라. 나의 소중한 아내니까."

그렇게 말하며 유키 씨는 그웬돌린의 손을 꼭 잡았습니다. 행복. 그 단어에 그웬돌린은 가슴이 철렁했습니다. 첫 만남 때와 똑같이 따뜻한 손입니다. 늘 좋은 냄새가 나고, 마녀치고는 흔치 않게 혈액 순환이 잘 되고 현실적인 지혜를 지닌, 누구보다 상냥한 여자. 부족한 가정에서 자라 부모님과 사이도 별로 좋지 않았던 그웬돌린은 마녀 학교에서 유키 씨를 처음 봤을 때부터 푹 빠져 버렸습니다. 명문가에서 사랑받으며 자란 유키 씨가 자신을 바라봐 주어서 무척 기뻤습니다. 이렇게 멋진 마녀와 함께 사는데, 어째서 자신은 행복하지 않을까요?

유키 씨는 성심껏 설명했습니다.

"나한테 생각이 있어. 사실은 예전부터 쭉 계획했던 건데, 이 집을 개조해서 도시락 가게를 열까 해. 내 음식은 반응이 아주 좋거든. 작년 돌꽃 축제 때 열었던 갈레트 노점은 사람들이 줄을 섰던 것 기억하지?"

보통 돌꽃 축제 때 마녀는 노래나 춤이나 마법을 선보

이지만, 그중에서 아무것도 할 수 없는 유키 씨는 인간과 마찬가지로 노점을 열었습니다. 그웬돌린은 모모 할머니에게 창피라도 줄까 봐 걱정했어요. 하지만 유키 씨의 갈레트는 큰 인기를 끌었지요. 노릇하게 구운 메밀가루 반죽에 검은 까치밥나무 숲에서 난 구즈베리 잼을 바른 디저트 갈레트와 버터로 볶은 버섯을 치즈와 햄으로 둘둘 만 식사 갈레트는 축제에서 가장 인기 있었답니다.

"그웬은 나와 마리를 부양해야 한다는 책임감이 너무 지나쳐. 하지만 나도 그웬에게 보탬이 되고 싶어. 그럴 만한 힘도 있으니, 내게 기대어 주었으면 해."

유키 씨는 눈동자를 반짝이며 말했습니다. 마치 지금 그웬돌린이 가장 똑바로 마주하고 싶지 않은 밤하늘의 별과 같았지요. 그웬돌린은 자기도 모르게 가느다란 목소리로 중얼거렸습니다.

"넌 마법을 못 쓰잖아. 마법도 부리지 못하는 상대한테 도움을 받다니, 아무래도 창피해……."

말을 입 밖에 내고 나서야 실수했다는 걸 깨달았습니다.

"그동안 날 그렇게 생각했었어?"

그웬돌린이 오해를 풀어 보려 했지만, 유키 씨는 가만히 일어나 그대로 곧장 방을 나갔습니다. 문이 탁 닫히는 소리가 났습니다.

어쩌면 좋지요. 일자리와 신뢰를 잃었을 뿐만 아니라, 가장 소중한 아내에게까지 상처를 주고 말았습니다. 이제껏 모든 것에 최선을 다했는데, 도대체 어디서부터 잘못된 거지요? 그웬돌린은 머리를 감싸고 훌쩍이며 울기 시작했습니다. 포트와인의 꽃은 술이 사라지면서 작게 시들었습니다.

그러고 보니 아침부터 집이 조용합니다. 마리는 어디로 간 걸까요?

그때, 바닥과 벽이 크게 흔들리며 멀리서 폭발음이 들렸습니다.

돌꽃 광장 쪽이었습니다.

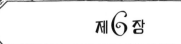

제6장

'멋진' 마녀의 대가

이 야기를 이십 분 전으로 되돌려 보지요. 일요일 오후가 되자, 광장에 있는 돌꽃 동상 주변에는 마녀들이 하나둘 모여들었습니다. 할머니 마녀, 아주머니 마녀, 언니 마녀, 꼬마 마녀, 갓난아기 마녀. 이 마을에 사는 103명의 마녀가 모인 굉장한 풍경입니다.

아, 저런, 잘못 셌네요. 103명이 아니에요. 99명입니다. 모모 할머니와 매들린, 그웬돌린과 유키 씨가 참석하지 않았으니까요.

122

현재 돌꽃 동상은 출입 금지 간판과 밧줄로 엄중히 에워싸여 있습니다. 아무것도 모르는 마을 사람의 눈에는 공사를 하는 것처럼 보일지도 몰라요. 앞쪽에서는 이제부터 마녀들이 춤과 노래를 선보이는 리허설을 할 예정이라 발걸음을 멈추는 사람이 아까보다 늘었습니다. 카메라를 들고 있는 사람도 꽤 많네요.

축제 시작은 일주일 후라 조금 이른 감이 있지만, 벌써 노점을 연 상인도 있습니다. 샌드위치와 박쥐 도넛, 치킨과 맥주 전문점 등이 보입니다. 여기까지 맛있는 냄새가 풍깁니다.

마리와 레이와 수지는 마녀 역사 기념관 지붕 위에 앉아 다리를 달랑거리며 그 광경을 지켜보고 있었습니다.

"다들 동요하고 있어. 이렇게 중요한 상황에 모모 할머니와 그웬돌린 씨가 없다니……."

레이가 깊이 한숨을 내쉬며 말했습니다. 아래를 내려다보니 마녀들도 전부 불안한 기색이 가득합니다. 열여덟 살 이상, 다시 말해 마녀 학교의 졸업 자격을 얻은 마녀들이 이제부터 '돌의 마법'으로 '잠자는 꽃'을 다시 봉인해야 하는데, 그렇게 강력한 대형 마법은 최근 몇십 년 동안 마을에서 아무도 쓴 적이 없거든요. 게다가 마녀의 모범인 모모 할머니와 그웬돌린도 이 자리에 없습니다. 그런 까닭에 잠자는 꽃과의 전투나 마녀 전쟁에 참전했던 베테랑 마녀들까지 오래된 마술책을 들고 와서 의기소침하게 "이게 맞나?", "옛날에 이런 걸 어떻게 했었지?" 하고 소곤소곤 이야기를 나누고 있습니다.

"다른 누구도 아닌 그웬돌린 씨가 이런 소동을 일으킬 줄이야……."

레이의 말에 수지가 레이를 팔꿈치로 툭툭 쳤습니다.

'앗, 마리에게 상처를 줬나.'

아차 하는 생각에 레이가 얼른 마리를 돌아보았습니다.

"뭐, 그럴 수도 있지. 누구나 실수는 하니까. 그웬돌린 엄마는 지금까지 모두에게 도움을 주었으니, 어쩌다 저지른 실수 정도는 너그럽게 봐줘야지. 나쁜 마음은 없었잖아."

마리가 태연히 말했습니다. 레이는 마리가 미안한 내색이라곤 전혀 내비치지 않아 불쑥 화가 치밀었습니다. 자식이라면 부모가 저지른 잘못을 바로잡기 위해 애써야 하지 않나요. 마리에게는 그런 다짐이 눈곱만큼도 엿보이지 않았습니다. 심지어 오늘 마리의 머리카락은 새빨갛고, 눈동자는 에메랄드처럼 투명한 녹색이기까지 하네요. 거기에 맞췄는지 꽃무늬가 큼직한 드레스에 반짝반짝한 볼레로를 덧입어 평소보다 더 눈에 띌 지경입니다.

마녀가 아닌 레이가 이런 말을 하기도 우습지만, 마녀의 책에는 마녀는 핏줄과 인연을 소중히 하고 가족의 잘못과 죄는 젊은 세대가 발 벗고 나서서 반성하고 속죄해야 한다고 적혀 있습니다.

그런데도 마리는 한가하게 〈민달팽이는 온종일 우웩〉 같은 노래나 만들어 흥얼흥얼하고 있습니다.

'설마 이 마당에 돌꽃 축제에서 주목받을 생각만 하는 건 아니겠지…….'

레이가 그웬돌린을 존경한다는 건 마을 사람 모두가 아

는 사실입니다. 그래서 레이는 창피해 견딜 수가 없습니다. 그웬돌린이 아니라 자기가 별을 쏜 것 같은 심정인 거지요. 마치 본인이 모두를 위험에 빠트린 것마냥 미안해 죽을 지경입니다. 동시에 그웬돌린을 향한 분노가 치밀어 올랐습니다.

'완벽한 분이라 좋아했는데! 지금까지의 시간을 되돌릴 수 있다면……'

"그웬돌린 엄마가 쉬는 날 아침에도 자는 건 처음 있는 일이야. 항상 바빠 보였거든. 이런 나날이 더 늘어나면 좋겠네. 가족 셋이 빈둥빈둥 늘어져 있다가, 해가 중천에 뜰 때쯤 일어나서 아침밥이랑 점심밥을 동시에 먹는 게 내 소원이야. 그웬돌린 엄마가 한 달이나 예언을 쉴 수 있다니, 꿈만 같아."

마리의 목소리가 너무 쩌렁대서, 광장에 서 있던 한 할머니 마녀가 못마땅한 표정으로 이쪽을 째려보았습니다. 레이는 조마조마해서 어쩔 줄 몰랐습니다. 한편으로 마리가 약간 가엾기도 했어요. 레이의 어머니와 아버지는 주말에 반드시 일을 쉬었고, 무엇보다 레이네 집이 일하는 시간은 비슷해도 마리네 집보다 훨씬 더 부자였습니다. 레이는 주저주저하며 말을 꺼냈습니다.

"하지만 마리, 너희 엄마 탓에 꽃이 잠에서 깨어났어."

"응? 그거야 지금부터 다시 결계를 치면 되지."

마리는 즐거운 듯 말하며 돌꽃 동상을 손가락으로 가리켰습니다. 마녀들이 손에 손을 잡고 꽃을 둘러싸서 원을 그리고 있었습니다. 이윽고 의식이 시작될 참입니다.

광장은 쥐 죽은 듯 몹시 고요했습니다. 마녀들이 일제히 눈을 감고, 목소리를 하나로 모아 노래를 부르기 시작했습니다.

"잠들어, 잠들어라, 붉은 꽃이여. 이대로 깨지 말고, 돌이 되어라."

마녀들이 천천히 왼쪽으로 돌기 시작했습니다.

마치 담배를 피우는 것처럼 마녀들의 입에서 흘러나온 돌의 노래가 가느다란 잿빛 연기로 변했습니다. 연기는 뭉게뭉게 피어올라 돌꽃 동상을 서서히 휘감았습니다.

"굉장하다~!"

수지와 마리가 손뼉을 치며 말했습니다. 광장에 구경하러 모인 사람들도 흥분하여 감탄과 박수갈채를 터트렸습니다.

"잠들어, 잠들어라, 붉은 꽃이여."

여기저기서 모여든 잿빛 연기가 스멀스멀 동상을 뒤덮기 시작했습니다. 마침내 동상을 완전히 감싼 연기가 거대한 소용돌이를 일으키며 제멋대로 휘휘 솟아났습니다. 순식간에 하늘로 뻗어 나간 연기는 푸른 하늘을 뒤덮고 구름까지 빨아들였습니다. 이윽고 하늘이 온통 흐려졌습니다.

거대한 회오리바람이 잿빛 하늘과 돌꽃 광장을 하나로 합친 광경이 펼쳐졌습니다.

마녀들은 눈을 치켜뜨고 잡았던 손을 놓더니, 연기로 휩싸인 돌꽃 동상에서 소리 없이 멀어졌습니다. 흥미진진한 얼굴로 그 상황을 지켜보던 사람들도 점점 흩어지기 시작하네요.

"얼마 후면 저 연기가 돌로 바뀌겠지. 엄청난걸, 나 이렇게 어마어마한 마법은 이 마을에서 처음 봐."

마리는 흥분에 가득 차 있습니다. 매들린과 자기 외에는 이렇게 큰 마법을 쓰는 마녀를 아직 본 적이 없었거든요. 마녀들도 안도한 듯 동상을 올려다보며 옆자리 마녀와 시선을 나누고 비지땀을 닦았습니다. 바로 그때였습니다.

쾅! 하는 폭발음이 들리더니, 광장 전체가 좌우로 크게 흔들렸습니다. 거기 있던 사람 모두의 귓속에 키이익 하고 울림이 퍼졌고, 다음 순간 아무 소리도 들리지 않았습니다.

모래 섞인 폭풍우가 얼굴을 때렸습니다. 레이와 수지가 지붕에서 떨어질 뻔해서 마리가 재빨리 두 사람의 등에 비둘기 날개를 달아 공중에 뜨게 만들었습니다.

얼마나 시간이 지났을까요? 광장은 모래바람이 휘몰아치는 사막처럼 변해서 돌길이며 무대며 제대로 구분할 수 없었습니다. 모래를 뒤집어쓴 마녀도, 인간도, 눈앞이 뿌옇게 흐려져 비틀거리며 기침했습니다. 자욱한 모래 먼지가 가라앉고 드디어 시야가 트였습니다. 그런데 이게 어찌 된

노릇인가요? 광장 한가운데 자리했던 돌꽃 동상이 사라지고 없었습니다. 그 대신 독을 품은 초록색 줄기와 잎, 그리고 붉은 꽃잎이 반짝이는 거대한 꽃 한 송이가 하늘을 향해 활짝 피어 있는 게 아니겠어요.

마리는 숨을 삼켰습니다.

"위험해! 다들 입과 코를 막아! 절대로 저 꽃의 향기를 맡아선 안 돼."

광장에 있는 사람들에게 외치며, 마리는 서둘러 빗자루를 타고 지붕 위에서 훌쩍 날아올랐습니다. 어린이들은 잠자는 꽃의 역사를 모르는 경우도 많습니다. 걱정한 대로, 어리둥절한 표정으로 꽃에 다가가는 어린아이가 여럿 있었습니다.

"꽃가루를 마시면 깨어나지 못한다고!"

마리가 하늘에서 외치며 광장 위를 빙빙 돌았습니다. 하지만 마리의 목소리는 모래 먼지에 가로막혀서 좀처럼 닿지 않았습니다. 멀리서 상황을 지켜보고 있던 사람들까지 이쪽으로 달려오고 있었습니다.

'으아, 시간이 부족해. 어떡하지.'

결국 빗자루를 탄 마리가 꽃 바로 앞까지 오고 말았습니다. 잠자는 꽃의 꽃잎과 잎이 쉬지 않고 팔랑팔랑하며 보는 이를 유혹하는 듯한 달콤한 향기를 내뿜고 있습니다. 마리까지 말려들어 스르르 잠에 빠질 것만 같아요······.

그때, 무엇인가가 코끝을 스쳐 지나갔습니다. 공중에서 두툼하고 투명한 유리가 셔터처럼 눈앞에 내려와 순식간에 꽃과 마리 사이를 가로막았습니다. 꽃향기가 사라지고, 마리의 의식이 생생하게 돌아왔습니다. 빗자루 위에서 광장을 내려다보니, 매들린이 지팡이를 손에 들고 돌길 위에 넓게 벌린 두 다리로 당당히 서 있습니다.

매들린이 '방어 마법'을 써서 거대한 유리병으로 꽃을 송두리째 덮은 것입니다. 매들린 옆에는 어려진 모모, 그리고 자전거에 함께 올라탄 유키 엄마와 그웬돌린 엄마가 있었습니다.

"위험할 뻔했어. 꽃가루를 마신 인간은 아직 없나 보군. 마녀들은 어서 어린아이부터 차례차례 인간들을 대피시키

131

도록 해."

매들린은 이마에 흐르는 땀을 닦으며 마리를 올려다보
았습니다. 그 말을 들은 마녀들이 곧바로 사람들에게 당장
이 자리에서 벗어나라고 크게 외쳤습니다. 마리 또래 어린
이와 부모 들은 빠르게 자리를 떴지만, 마녀를 비롯한 많
은 어른이 다음 상황이 궁금한지 광장에 남았습니다.

"대단해, 매들린. 나 이렇게 기막힌 마법은 처음 봐."

마리가 빗자루에서 내려와 하늘 높이 솟은 유리병 속
붉은 꽃을 올려다보며 말했습니다.

"하지만 임시방편이야. 유리는 오래가지 못하니까. 곧
다음 수단을 떠올려야지. 이런 가벼운 유리 따위는 당장
깨부술 힘이 있는 아주 골치 아픈 꽃이니, 어서 다른 대책
을 세워야 해."

매들린은 신중한 눈길로 꽃을 살펴보았지만, 마리는 짜
릿한 기분에 신나서 견딜 수가 없었습니다. 매들린의 영화
관에서 본 호박 유령이 나오는 영화보다 몇천 배는 더 재
미있었으니까요.

매들린 덕분에 당장 위험한 불을 껐다는 안심이 들어서인지, 반짝반짝한 꽃가루로 뒤덮인 붉은 꽃이 아름답다는 생각까지 들었습니다. 매들린은 휴 하고 한숨을 내쉬며 옆에 선 모모를 믿음직스럽게 바라보았습니다.

"실은 우리 집 영화관에서 모모와 함께 쭉 광장을 지켜보고 있었어. 모모가 재빨리 이상한 변화를 눈치챈 덕분에 금방 날아올 수 있었지."

모모는 모모대로 부끄러운지, 어깨에 앉은 할아버지 박쥐에게 눈길을 돌렸습니다.

'앗, 그때 그 박쥐다.'

마리가 기억해 냈군요. 매들린의 영화관에서 봤던 어딘가 낯익은 할아버지 박쥐입니다.

"그건 내가 아니라 이 박쥐 덕분이야. 요 녀석이 광장을 쭉 감시했단다. 지로라고 해. 오래전 나와 지로는 아주 사이좋은 친구였어."

'에헤, 모모 할머니의 단짝은 〈참견쟁이 마녀〉 시절부터 하얀 고양이 마유미인 줄 알았는데.'

마리는 눈이 동그래졌다가 아! 하고 탄성을 질렀습니다. 그제야 전부 떠올렸습니다. 맞아요, 아주 오래전이지만 분명히 유키 엄마가 구경시켜 준 가족 앨범에서 본 적 있습니다. 어린 시절 모모 할머니의 어깨에 앉아 있었던 그 박쥐예요.

"잘 부탁해, 지로."

마리가 방긋 웃으며 인사했지만, 지로는 심술궂게 눈길을 획 돌렸습니다.

그러고 보니, 정작 마리의 단짝 마사치카는 어디 있는 거지요? 아무리 그래도 이럴 때는 곁을 지켜야 하지 않나 싶은데, 아침부터 코빼기도 안 보입니다. 뭐, 지금은 그게 문제가 아니지만요.

"매들린의 성은 지내기 아주 좋아. 한동안은 거기 있을 생각이야. 모두에게 잘 전해 줘."

모모가 마리에게 작게 귓속말했습니다. 그 순간 마리는 깨달았습니다. 꼬마였던 모모가 어느 틈엔가 살짝 자라서 마리와 비슷한 키가 되어 있었습니다.

매들린은 주위 마녀들이 들을 수 있게 말을 이었습니다.

"모모와 지로 덕분이기도 하지. 하지만 마리의 엄마들이 폭발음을 듣자마자 자전거로 달려와서 합류한 것도 큰 도움이 되었어. 나이가 드니 금세 이런 지혜를 짜내기는 어렵거든. 유리병을 꽃에 씌우자는 생각은 참 좋았어. 여기 있는, 그 이름이 뭐더라……."

그러자 그웬돌린이 자전거 뒤에서 내린 후 매들린을 마주 보고 말했습니다.

"그웬돌린입니다. 아까 유키가 만들어 준 포트와인이 담긴 잔이 작은 수조처럼 생겨서……. 문득 떠올랐어요."

그웬돌린이 자전거를 탄 유키 씨를 돌아보더니, 별안간 긴 머리카락을 찰랑이며 꾸벅 고개를 숙였습니다.

"유키, 아까는 미안해. 당신에게 상처를 줬어."

"괜찮아. 내가 마법을 쓸 줄 모른다는 건 사실이니까."

유키 엄마는 작은 목소리로 말하다가 얼굴이 빨개져서 눈을 내리깔았습니다. 그웬돌린은 그런 유키 씨의 손을 꼭 쥐었습니다.

"아니야. 나 같은 사람보다 당신이 훨씬 더 대단한 마법사야. 아까 폭발음이 났을 때, 나는 혹시 마리에게 무슨 일이 생겼을까 봐 머릿속은 새하얘지고 옴짝달싹할 수 없었어. 하지만 당신은 단번에 나를 끌고 자전거로 뛰어올랐지. 유키 너는 자기 기분을 있는 그대로 표현할 수가 있어. 나로서는 부릴 수 없는 굉장한 마법이야."

유키 씨 안에 차갑게 응어리진 것이 그웬돌린의 말에 녹아내렸습니다. 부끄럼을 많이 타던 마녀 학교 시절도, 주변의 기대에 못 미쳐 혼자 울던 밤도, 전부 다 멀리멀리 날아간 것만 같습니다.

"게다가 자전거는 의외로 빠르네. 그동안 잊고 있었어."

그웬돌린이 겸연쩍게 말하자, 유키 씨는 엉겁결에 웃음을 터트렸습니다.

마리는 대화를 따라갈 수 없어서 두 엄마의 얼굴을 번갈아 쳐다보았습니다. 마녀 학교 시절, 유키 씨는 그웬돌린을 자전거 뒤에 태워서 학교도 가고 방과 후에 놀러 다니기도 했답니다. 빗자루 위에서 내려다보는 경치밖에 모르는 그웬돌린에게는 인간과 같은 눈높이에서 달리는 게 무척 신선했지요.

그웬돌린은 크게 숨을 들이쉬더니, 마녀와 마을 사람들을 향해 외쳤습니다.

"여러분, 제 말을 들어주세요! 이런 일이 벌어진 건 전부 다 제 책임입니다! 제가 별을 쏘아서 꽃이 잠에서 깨고 말았습니다! 정말로 죄송합니다."

완벽한 마녀 그웬돌린의 고백에 사람들은 깜짝 놀랐습니다. 다들 무슨 일인가 싶어서 수군거렸어요. 이 마을에서 가장 뛰어난 예언가 마녀가 어째서 그런 짓을?

"그웬돌린은 잘못이 없어. 그렇게 많은 사람의 미래를 매일매일 들여다본다면 누구든 마음에 병이 생길 거다. 마녀에게도 마음은 있으니까."

매들린이 쭈글쭈글 주름진 큰 손으로 그웬돌린의 어깨를 가만히 끌어안았습니다.

"그나저나 마녀들이 건 돌의 마법이 어째서 꽃을 잠재우지 못한 걸까?"

어느 틈엔가 마리의 옆으로 다가온 수지가 고개를 갸웃
하며 말했습니다. 등에 마법으로 생겼던 날개는 이미 사라
지고 없네요.

"설명하기 어려운데, 그게 말이다."

매들린이 머뭇머뭇 말을 꺼냈지만, 곧 난처한 듯 입을
다물어버렸습니다.

"괜찮아, 매들린. 내가 대신 설명하지."

모모가 넌지시 앞으로 나서며 크고 높은 목소리로 말을
이어나갔습니다.

"아까 돌의 마법이 실패한 건 이유가 있습니다. 우리의
마법이 최근 수십 년 동안 매우 약해졌기 때문입니다."

"저건 혹시 〈참견쟁이 마녀〉에 나온 모모 아니야?"

군중 속에서 누군가가 소리쳤습니다. 그러자 다들 맞아,
맞아 하고 입을 모았습니다.

"그래, 저 아이가 사실은 모모 할머니야. 내가 쟤를 매들
린의 성까지 데려갔다니까!! 이유는 몰라도 모모 할머니
가 어린아이로 변해 있었어. 그걸 비밀에 부치려고 매들린

이 성에 몰래 숨겨둔 거야!"

이 쩌렁쩌렁한 목소리의 주인은 바로 에이미네요. 매들린이 모모 할머니가 원래대로 돌아오기까지 절대로 입 밖에 내지 말라고 당부했지만, 에이미는 흥분한 나머지 까맣게 잊어버리고 말았던 겁니다. 에이미는 주목받은 게 기뻐서 견딜 수가 없는지 폴짝폴짝 뛰어다녔습니다. 옆에서 에이미의 할머니와 어머니가 나무랐지만, 귀에 전혀 들어오지 않는 모양이네요.

"그렇습니다. 저는 모모입니다. 지금은 더 이상 마법을 쓸 수 없는 어린이 마녀가 되고 말았습니다."

모모는 지극히 침착했습니다. 광장은 쥐 죽은 듯 고요해졌고, 어른 마녀의 다음 말을 기다리고 있었습니다.

"마법이 약해진 건 이유가 있습니다. 그건 우리 마녀가 멋진 마녀가 되는 길을 택했기 때문입니다. 인간에게 죽임을 당하지 않고 살아남기 위해서요."

"잠시만요. 그렇다면 멋진 마녀란, '약한' 마녀라는 뜻인가요?"

한 젊은 마녀가 흥분한 채 물었습니다. 어릴 때부터 부모님과 선생님에게 멋진 마녀가 되라는 이야기를 수도 없이 들었는데, 어떻게 이럴 수가 있느냐는 억울함이 표정에 뚜렷하게 드러나 있었습니다. 모모는 엄숙히 설명했습니다.

"멋진 마녀란, 인간의 소원을 들어주는 마녀입니다. 다시 말해서 자기 마음보다 인간의 마음을 더 우선시해야 하지요. 하지만 조금 아까 매들린이 부린 것과 같은…… 강력한 마법을 쓰기 위해서는 무엇보다 가장 먼저 마녀 자신이 가슴속에 흔들림 없는 이미지를 품어야 합니다. 난 이렇게 되고 싶어, 이것을 원해, 이건 이렇게 해야지. 이런 식으로 자신이 원하는 그림을 얼마나 강력하게 떠올릴 수 있는지가 관건입니다. 무에서 유를 창조하는 힘, 그게 바로 강력한 마법의 정체입니다."

마녀들이 불안한 듯 술렁술렁했습니다. 유키 씨도 예외 없이 고개를 푹 숙였습니다. 왜냐하면 유키 씨는 어렸을 때부터 자기 자신보다 주위에만 신경 쓰는 성격이라서 애당초 무엇을 하고 싶은지 알지 못했거든요.

'하지만 지금이라면……? 지금이라면 다르지 않을까?'

유키 씨는 몸속에서 부글부글 끓어오르는 힘을 느꼈습니다. 사랑하는 그웬돌린을 행복하게 해 주고 싶어. 지지하고 싶어. 그웬돌린이 마법을 박탈당한 어제 마녀 회의 이후로, 유키 씨의 일생에 한 번도 없었던 포부를 불러일으켰습니다.

모모 할머니는 슬픈 듯 고개를 절레절레 가로저었습니다.

"저희들은……. 아니, 저는 더 이상 저 자신이 원하는 것을 강력하게 떠올릴 수 없게 되었습니다. 본래 제가 가지고 있던 바람이 무엇이었는지 잘 모르겠어요. 오랜 세월 동안 인간의 소망만을 좇으며 살아왔기 때문입니다. 마법을 쓸 수는 있지만, 모양을 약간 바꾸거나 작은 도움을 주는 정도지요. 0에서부터 무언가를 새로 창조하는 건 불가능해요. 저는 자신감을 잃어버려 몸도 젊어졌습니다. 지금, 이 꽃으로부터 마을을 지킬 수 있는 마녀는 단 둘밖에 없습니다. 여기 있는 매들린과 마리입니다."

다들 일제히 마리와 매들린을 바라보았습니다.

에이미는 분하기도 하고 부럽기도 해서 얼굴이 붉으락
푸르락 달아올랐습니다. 잠깐만, 지금 무슨 소리야! 하고
소리치고 싶은 걸 가까스로 참았습니다. 모두에게 인정받
기 위해 공부도 마법도 최선을 다했는데, 이제 와서 갑자
기 그게 잘못되었다니요?

'이게 뭐야. 그럼, 마리처럼 제멋대로 굴고, 흥청망청 먹
고, 게으름을 피웠어야 한다는 거야? 치사하게!'

'야단났네⋯⋯.'

마리는 사람들의 시선이 당황스러워 어깨를 움츠리고
고개를 숙였습니다. 옆에 있는 매들린은 거북한 표정으로
휘파람을 불며 딴청을 피우고 있네요.

'내가 매들린과 어깨를 견줄 힘을 가진 마녀라고? 이 마
을을 지킬 힘이 있다고?'

그럴 리가 없습니다. 애초에 마리는 돌의 마법 비슷한
것도 써 본 적 없습니다. 마리는 늘 사람들에게 환호받기

를 바랐습니다. 하지만 이런 식으로 주목을 끄는 건 절대 아니었지요. 마리가 원한 건 돌꽃 축제 무대에서 박쥐에 둘러싸여 민달팽이 노래를 부르는 건데 말이지요. 모두의 영웅이 되는 일 따위는 책임감이 너무 막중하고, 마녀의 본보기가 되는 건 꿈에도 생각한 적 없습니다. 사람들이 자기를 응시하면 할수록 기운이 없어지고 새빨간 머리카락 끝이 갈색으로 변하는 게 느껴졌습니다. 드레스에서 꽃 무늬까지 사라지고 있네요.

"나도 멋진 마녀 따위는 싫었어. 오래전부터 왠지 이상하다고 느끼고 있었다고!"

처음 소란을 피운 것은 올해 마녀 학교를 갓 졸업한 우메 씨였습니다. 같은 예언 거리에 사는 마녀예요. 여자와 남자, 어느 쪽도 아닌 우메 씨는 검은 원피스나 치마 대신 헐렁한 청바지와 티셔츠를 즐겨 입었고, '멋진 마녀답지 않다'라는 둥 헐뜯는 소리를 들었습니다. 지금은 마녀 배달부로 일하고 있는데, 빗자루를 험하게 몬다고 자주 혼이 납니다.

"엄마와 할머니가 억지로 밀어붙인 거지!"

"그래, 그 말이 맞아."

우메 씨의 목소리가 신호탄이 되어 언니 마녀들이 잇달아 입을 열고 외쳤습니다.

"멋진 마녀 따위, 시대착오적이야. 인간에게 아부나 떨고 말이야!"

"우린 마법을 쓸 수 있는데도 매일 이유도 모른 채 일하고 공부해. 그런데 왜 놀 시간도 돈도 없는 거냐고!"

우메 씨가 갑자기 빗자루를 무릎으로 탁 쳐서 부러뜨려 버렸습니다. 아주머니 마녀와 할머니 마녀가 서둘러 뜯어 말렸습니다.

"잠깐만. 우리는 멋진 마녀가 되라고 한 적 없어! 제멋대로 배려하고는 결국 이런 위험에 빠트렸으니, 이쪽이야말로 피해가 이만저만 아니야."

그렇게 말한 건 그웬돌린의 예언을 자주 들으러 오는 단골손님 약국 아저씨였습니다. 사실 이 아저씨는 일 년 안에 독버섯을 먹고 괴로워할 운명에 처해 있지만, 정작 본인은 그 사실을 모릅니다.

"맞아요. 멋진 것보다는 강한 게 중요하죠. 실은 예전부터 나도 그런 생각이 들었어요."

모래투성이가 된 채 외치는 또 다른 아저씨는 자세히 보니 마을 대표입니다. 언제나 모모 할머니에게 귀찮은 문제를 떠넘기고, 자기는 편한 것만 찾는다는 평판이 자자합니다. 마치 봇물 터지듯 마을 사람들이 제각기 자기 이야기를 끄집어내기 시작했습니다.

"아니 아니, 멋진 상태도 유지하면서 강력한 마법도 부려야죠. 마녀니까."

"당연하지. 멋지기만 한 마녀는 게으른 거야! 멋지고 강해야 해! 안 그래?"

"그렇고말고. 앞으로 새로운 시대의 영웅은 마리야. 우리들의 구원자는 멋지지 않은 마녀, 마리다!"

"마리, 마을을 구해라!"

"마~리! 마~리! 마~리!"

"멋지지 않은 마녀, 만세!"

마을 사람들은 우왕좌왕 말을 바꾸었습니다. 마리는 뭐가 뭔지 도통 알 수가 없었습니다. 머릿속이 빙빙 돌아서 숨을 쉬기도 어려울 지경입니다.

마리는 모두의 시선이 자기에게 쏠린 것도, 다들 자기 이름을 부르짖는 것도, 정말이지 나쁜 꿈을 꾸는 것만 같았습니다……. 아침에 먹은 프렌치토스트가 올라올 듯해서 마리는 자기도 모르게 돌꽃을 감싼 유리병에 손을 댔습니다. 매들린의 말처럼 의외로 얇은 유리네요.

'큰일이다, 이대로라면 한바탕 토할지도 몰라. 힘을 내야 해, 힘을 낼 마법……? 뭐라도 기운 차릴 일을 떠올려 내야만 해. 우웩, 토할 것 같아……. 우웩!?'

"다들 쫑알쫑알 시끄럽다고~."

그때 소리를 지르며 마리 앞으로 뛰어나온 것은, 다름 아닌 레이였습니다.

"멋진 마녀가 대체 왜 나쁘다는 거야? 우리 인간은 멋진 마녀로부터 행복을 얻었잖아? 멋진 마녀 덕택에 우리는 매일매일 즐거웠지 않았어? 그걸 전부 없었던 일로 치자고? 멋지다는 건 대단하다고!"

멋진 마녀 그 자체인 여자아이가 분노로 온몸을 부들부들 떨고 있습니다. 늘 착한 아이였던 레이가 이렇게 큰 목소리를 내는 건 누구도 상상 못 한 일입니다. 마리와 다른 이들은 어안이 벙벙한 채 레이를 바라보았습니다.

레이는 '남자아이'라는 성별에 위화감을 느꼈던 시기에, 자기를 잘 몰라 불안한 나날을 보냈습니다. 항상 안절부절 못했지요. 그럴 때 도서관에서 만난 『참견쟁이 마녀, 모모에게 맡겨 줘』라는 소설이 레이에게 힘을 주었습니다. 온통 인간밖에 없는 마을에 홀로 찾아온 마녀 모모가 타고난 명랑함과 용기로 이웃을 돕고, 마음을 터놓을 친구를 하나둘 사귀는 모습이 눈부셨지요. 그 책을 읽고서야 초조하던 자기 마음을 마침내 주변에 털어놓을 수 있게 되었습니다. 부모님과 선생님, 그리고 친구들은 레이의 이야기를 찬찬히 들어 주었고, 레이가 자기 성별대로 생활할 수 있도록 도와주었습니다.

"모모 할머니와 그웬돌린 덕분에 다들 잘 해낼 수 있었던 거잖아. 늘 마녀의 힘에 기대 살면서 존중하지 않다니 이건 아니지! 무슨 일이 생기면 이런 식으로 추궁하는 것도 비겁하기 짝이 없어!"

모모는 레이의 뒤에 서서 그 말에 귀를 기울이고 있었습니다. 어제 모모는 레이 같은 여자아이가 마녀 학교에 들어와서는 안 된다는 심한 말을 했습니다. 그런데 레이는 누구보다 마녀를 잘 이해하고 있을 뿐만 아니라 다른 사람들 앞에서 편을 들어주고 있습니다.

도대체 자신은 무엇을 지키기 위해, 무엇을 두려워하고 있었던 걸까요. 모모가 진짜 소중히 여겼던 것은……. 어린 시절부터 진심으로 바라던 것은…….

이렇게 옥신각신 승강이하는 광경을 말없이 보고 있던 매들린이 마침내 지팡이를 휘둘렀습니다.

"그 말대로다. 너희들은 멋진 마녀에게 그렇게 도움을 넙죽넙죽 받아 놓고도 잘도 고약한 소리를 지껄이는구나! 모모는 누구보다 열심히 노력해서 어린 시절부터 모두를 위해 희생해 왔다. 다들 놀 때도 공부하고 일했어. 그건 내

가 제일 잘 알고말고. 애초에 당신들도 말이야, 그웬돌린
처럼 매일매일 마을 사람들의 예언을 거의 공짜나 마찬가
지인 가격에 한번 해 봐! 별을 쏘는 정도로는 끝나지 않는
마음의 병이 생길 테니까!"

젊은 마녀도, 아주머니 마녀도, 할머니 마녀도 매들린의
연설에 감동했습니다. 매들린은 멋진 마녀가 아니니 분명
나쁜 마녀야. 매들린과 어울리면 따돌림을 당해. 그런 생
각이 퍼져서 어느 틈엔가 매들린을 무시해도 아무런 죄책
감을 느끼지 않게 되었습니다.

하지만 매들린이 한 번이라도 자기들에게 상처를 입히
거나 피해를 준 적이 있었을까요? 그저 자기가 원하는 대
로 성에서 홀로 지냈을 뿐입니다. 그렇게 비난받으며 살았
는데도, 매들린은 이렇게 마을을 지켜 주고 있습니다.

아까까지 마리의 이름을 외치던 어른들이 멋쩍게 입을
다물었습니다.

문득 수지가 앞쪽을 가리키며 말했습니다.

"어라, 저게 뭐지?"

다들 그쪽을 돌아보았습니다.

예언 거리를 가득 차지한 채 우체통과 가로등과 벤치를 파괴하고, 넘실넘실 구불구불 꿀렁꿀렁 몸을 앞뒤로 흔들며 광장으로 다가오는 무언가. 그것은 온몸이 반점투성이인 거대 민달팽이였습니다.

민달팽이가 지나간 길은 축축한 점액으로 젖어 있었습니다.

제7장

마법만이 마법은 아니야

이야기는 이윽고 클라이맥스입니다만, 여기서 잠시 숨을 돌려 봅시다. 여러분은 민달팽이를 자세히 들여다본 적이 있나요? 두 개의 흔들리는 더듬이 끝에 작은 눈이 달려 있고, 온몸이 축축하게 젖어 있습니다. 색깔은 거무칙칙하고 반쯤 투명해서 속이 들여다보이지요. 언뜻 보기로는 손발 없이 그저 구불구불 몸통만 구부리며 앞으로 나아가는 듯합니다. 민달팽이는 연체동물이지만 조개와 같은 껍질이 없어서, 이대로라면 마른 육지에서 살 수

151

없습니다. 그래서 점액을 짜내어 자기 몸을 끈적끈적하게 만든답니다. 화단이나 길에서 민달팽이를 맞닥뜨리면 흠 칫 놀랄 수도 있어요. 기분이 나쁘다는 사람도 있을지 모릅니다. 하지만 자세히 들여다보면 민달팽이에게는 발도 달리고, 입도 있고, 장기도 갖추고 있습니다. 우리하고 똑 같이 열심히 살아가는 생명체예요. 딱히 겁을 주려고 일부 러 구불구불 다니는 건 아니랍니다.

만약 아침에 눈을 떴는데 민달팽이가 되었다면, 누구나

구불구불하며 앞으로 기어가는 수밖에 없겠지요.

아무튼 그렇게 애처로운 민달팽이가 학교 건물만큼 커져서 자동차와 가로등과 가로수를 쓰러트리며 다가온다면, 다들 어떻게 할래요? 돌꽃 마을 사람들은 비명을 지르며 사방팔방으로 도망쳤습니다. 민달팽이는 느릿느릿 꿈틀거리며 기어 와 광장에 모인 사람들을 흩트렸습니다.

매들린과 마리와 모모, 그웬돌린과 유키 씨, 그리고 레이와 수지는 손을 잡고 달리며 사발 바닥처럼 생긴 원형극장 무대 뒤편으로 도망쳤습니다.

"하아, 설마 마리…… 이거 네가 벌인 일이니?"

유키 씨는 울 것 같은 얼굴로 딸의 어깨를 두 손으로 쥐었습니다.

"미안. 그게, 그러

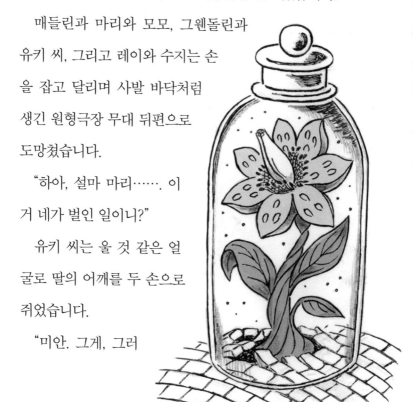

니까……."

　마리의 눈은 공허했고, 표정도 어딘가 멍해 보였습니다.
무엇인지는 몰라도 좋지 않은 예감이 드는군요.

　"마을 사람들이 온갖 말을 떠들어 대니까 뭐가 뭔지 알
수 없어서……. 그래서 나한테 마법을 걸어 보자 싶었어.
가장 힘이 나는 장면을 떠올리려고, 돌꽃 축제에서 부를
노래를 생각한 거야."

　마리는 그웬돌린의 무릎에 머리를 기댄 채 극장 바닥에
서 넓은 하늘을 올려다보았습니다. 여기저기에서 사람들
의 비명이 들리고, 돌길 틈으로 흘러내린 민달팽이 점액으
로 원형극장 좌석은 끈적끈적하게 젖어 들기 시작했습니
다. 쉭쉭대는 더듬이 끝의 눈이 이따금 무대 쪽을 빤히 바
라보았습니다. 이러다 민달팽이가 꽃을 품은 유리병에 힘
껏 부딪히고, 유리병이 깨진다면……. 광장에 모인 모두가
같은 생각인지 제정신이 아니었습니다.

　레이도 수지도 가슴에 어두운 구름이 깔린 것처럼 불안
에 잠겼습니다. 늘 자신만만한 마리는 어디로 갔을까요?

그 순간 깨달았습니다. 마리는 하고 싶은 게 뚜렷해야지 마음속에 생생한 이미지가 생긴다는 것을요. 그로 인해 곁에 있는 자신들도 힘과 용기를 얻는다는 것도요. 그때, 무대 가장자리에 검게 윤기가 흐르는 털북숭이 앞발이 나타났습니다. 뒤이어 마사치카의 얼굴이 불쑥 튀어나왔습니다.

"마리의 노랫말대로 되고 있어. 이다음 민달팽이가 무지막지하게 토해! 자기 몸집만큼이나 양이 엄청나서 광장과 극장이 녹색 액체로 잠길 거야. 끈적끈적하고 지독한 냄새로 뒤덮이겠지."

유키 씨는 기절할 것만 같아서 비틀거리며 그웬돌린의 어깨를 잡았습니다. 마사치카는 어쩐지 기분이 좋아 보이네요. 인간과 마녀가 공포에 휩싸여 꼴사납게 허둥지둥하다가, 돌연 자기 말에 주목하고 진지하게 귀담아듣고 있으니까요.

"매일 밤 마리의 노래 연습에 시달려서 가사 내용은 똑똑히 기억해. 아까 내가 지붕 위에서 소설을 구상하느라

155

생각에 잠겨 있는데, 거리 가득 민달팽이가 꾸물꾸물 기어가잖아. 지붕 높이까지 솟은 디듬이의 눈과 내 눈이 마주쳤단 말이지. 놀라서 지붕에서 떨어질 뻔했지 뭐야."

"……예언의 거리 폭과 마리네 집 지붕 높이가 어느 정도였더라."

수지는 얼른 마사치카를 안고 어깨 위에 올렸습니다.

"대충 8미터 곱하기 5미터 정도 되려나?"

수지는 양손으로 엄지와 검지를 세워 액자 모양을 만들더니 그 틈으로 저 멀리 광장 절반을 차지한 민달팽이를 관찰했습니다. 뒤이어 배낭에서 자와 컴퍼스를 꺼내더니, 어쩌고저쩌고 중얼거리며 공책에 수학 공식을 적어 내려갔습니다. 그걸 마사치카가 어깨너머로 지켜보았어요.

마리와 달리 상황 파악이 빠르고 침착한 수지는 마사치카가 제일 마음에 들어하는 여자아이입니다. 마리하고도 이런 식으로 물 흐르듯 술술 대화할 수 있다면 참 좋을 텐데 말이지요.

"어디 보자, 민달팽이의 부피와 같은 분량의 소금은……

몸길이를 20미터로 하고 무게를 환산하면 대충 960톤쯤 되는구나. 마리, 매들린, 부탁이 있어. 마법으로 소금을 만들어 줄래? 960톤이야."

"숫자로 말하면 잘 가늠이 안 돼. 나는 마녀 학교를 중퇴했을 정도로 공부를 못했거든."

매들린이 어깨를 으쓱하며 말했습니다. 수지는 잠시 생각하더니, 이렇게 바꿔 말했습니다.

"그렇다면 이건 어떠려나? 돌꽃 광장에 잔뜩 쌓이는 눈만큼 소금을 만드는 거야. 발밑이 푹푹 잠길 정도의 소금 더미라고 하면 이해가 될까?"

매들린은 충분히 상상이 간다는 표정을 지었습니다.

"음, 그건 떠올릴 수 있지. 마리도 같이 해 주련? 나는 아까 쓴 '방어 마법' 때문에 마력이 바닥났어. 미안하지만 아무리 젖 먹던 힘까지 짜내도 수지가 필요하다고 한 소금의 5분의 1밖에 차지 않을지도 몰라."

"응, 해 볼게……."

마리는 기죽은 채 비슬비슬 일어섰습니다. 얼굴은 파랗

게 질렸고, 눈동자에서는 반짝이는 빛이 사라졌어요. 유키 엄마는 울음이 터질 것만 같은 얼굴로 딸의 등을 떠받쳤습니다.

"자, 두 사람이 '소금 마법'을 쓰는 동안 내가 민달팽이를 꾀어낼 미끼가 되어서 시간을 벌게."

레이는 말을 마치자마자, 그웬돌린이 말리는 소리도 듣지 않고 망토를 펄럭이며 원형극장 좌석을 뛰어 올라갔습니다.

"앗, 레이. 민달팽이는 맥주를 좋아해!"

수지가 레이의 등을 향해 크게 소리쳤습니다.

"오케이!"

곧바로 대답한 레이는 광장 구석에 세워진 매대들을 하나하나 살폈습니다. 지금 민달팽이는 레이에게 엉덩이를 보이고 있었습니다. 매대 주인들은 일찌감치 도망갔지만, 치킨과 맥주를 파는 노점의 텅 빈 조리대 옆으로 어깨끈이 달린 생맥주 기계가 보였습니다. 레이는 곧장 생맥주 기계를 책가방처럼 둘러맸습니다.

"어이! 여기라고, 여기!"

레이가 소리치며 손잡이를 잡아당겨 맥주를 민달팽이 엉덩이에 뿜었습니다. 민달팽이가 느릿느릿 뒤돌아보자, 레이는 기회를 놓치지 않고 입을 향해 맥주를 쏘아 넣었어요. 민달팽이는 맛있다는 듯이 거품을 핥으며 더듬이 끝에 달린 눈알을 레이에게 향했습니다. 점액이 레이의 머리카락에 뚝뚝 떨어졌습니다.

레이는 달리기 시작했습니다. 달리고, 달리고, 또 달렸습니다.

품위 있고 단정하며, 위기가 닥쳐도 용기 내어 침착하게 할 수 있는 바를 다하는 것. 그것이 레이가 믿어 온 '멋짐'입니다. 그렇다면 지금 자신은 가장 멋질 테지요.

이제 마녀 학교에는 들어가지 않아도 괜찮습니다. 마음으로 그린 것을 현실로 만들 수 있는 게 마녀라면, 이미 레이도 훌륭한 마녀입니다.

레이는 뒤돌아 한 번 더 민달팽이에게 맥주를 내뿜었습니다. 그러자 황금색 포물선이 돌꽃 광장에 무지개처럼 걸렸습니다.

이윽고 광장이 눈부신 빛으로 가득 찼습니다. 눈앞이 새하얘져서 레이는 생맥주 기계를 맨 채 엉덩방아를 찧었습니다. 엉덩이가 돌길에 세게 부딪치려나 싶었는데, 응? 아프지 않네요. 그뿐만 아니라 왠지 푹신합니다.

고개를 들자, 아니나 다를까 눈앞에 있던 민달팽이가 흔적도 없이 사라졌습니다. 대신 매들린의 성 1층처럼 온통 눈 풍경, 아니 소금 풍경이 펼쳐져 있었지요. 하나도 차갑지 않아요. 여기도 저기도 반짝반짝 파르스름하게 빛나는, 어쩌면 눈보다 더 아름다운 소금이 가득 깔려 있었습니다. 소금은 한 알 한 알이 마치 다이아몬드 같은 결정이거든요. 레이는 과학 수업 때 현미경을 들여다본 기억이 떠올랐습니다. 주변을 둘러보자, 광장 전체가 소금으로 덮여 있어서 다들 머리털까지 새하얗습니다.

마찬가지로 소금투성이가 된 수지가 숨을 헐떡이며 원형극장에서 뛰어 올라왔습니다.

"민달팽이에게 소금을 뿌리면 녹아내린다고 하지만, 그

건 사실이 아니야. 소금을 뒤집어쓴 만큼 삼투압 원리로 몸속 수분이 빠져나가서 크기가 줄어들 뿐이지. 그러니까 체중과 같은 분량만큼 소금을 끼얹으면 이렇게 돼."

수지는 그렇게 말하고 주위를 둘러보다가 문득 어디론가 뛰어갔습니다. 그러더니 소금 속에서 작아진 민달팽이를 손가락으로 집어 들었습니다. 꿈틀꿈틀한 더듬이와 반점투성이인 몸을 보아하니 틀림없이 아까까지만 해도 광장을 반쯤 차지하고 있던 거대한 민달팽이입니다.

이윽고 광장 여기저기에서 함성이 솟았습니다. 매들린이 모모의 어깨를 잡고 비틀비틀 걸어 나오더니 소금 위에 털썩 주저앉았습니다. 마리는 방금 쓴 소금 마법으로 온몸의 기운이 다 빠졌는지, 종잇장처럼 새하얗게 질린 낯빛으로 그웬돌린의 팔에 안겨 있네요. 유키 씨는 걱정스럽게 딸아이의 얼굴을 들여다보았습니다.

매들린과 마리는 완전히 다른 사람처럼 기운이 약해져서 숨도 겨우겨우 쉬고 있습니다.

수지는 친구가 걱정되어 머릿속이 엉망진창이었습니

다. 하지만 마리가 열심히 해냈으니 정신을 차려야겠다는 마음가짐으로 안경에 묻은 소금을 털고 목소리를 냈습니다.

"여러분, 제 말을 들어주세요. 저한테 계획이 있거든요. 이 광장을 수영장으로 만들어서 소금을 전부 녹여 버리는 거예요. 그리고 그 소금물을 꽃이 갇힌 유리병 속에 붓고요. 그러면 꽃은 소금으로 굳어 버리겠죠. 다들 과학 실험 시간에 소금으로 조각을 만든 적이 있지요? 물과 소금을 컵에 담고, 일주일 정도 말리기만 하면 돼요. 소금은 결정을 이루니, 소금 성분끼리 달라붙어서 마침내는 거대한 덩어리가 될 거예요. 그렇죠? 이서 선생님."

잠시 후, 담임인 이서 선생님이 이마에 소금을 반짝거리며 달려왔습니다.

"수지 학생, 기억하고 있었구나! 가르친 보람이 있어!"

이서 선생님이 눈물을 글썽인 건, 눈에 들어간 소금 때문만은 아니었습니다. 솔직히 마리와 같은 마녀를 가르치다 보면 자신감을 잃을 때도 많아요. 아무래도 아이들은 실력이 쑥쑥 잘 늘다 보니, 더 가르칠 것이 있긴 한지 고민도 들지요. 그런 선생님에게 방금 수지가 한 말은 큰 힘이 되었습니다.

"맨 처음 이 마을에 꽃이 피었을 때, 불로 태우고, 물을 끼얹고, 톱으로 잘라도 꽃이 죽지 않았어. 소금이 통할지 모르겠네."

모모는 여전히 걱정스러운 듯 말했습니다. 앗……. 모두 그쪽을 보고 놀랐습니다. 모모는 어느 틈엔가 키가 훌쩍 자라서, 기력이 다 빠진 매들린보다 훨씬 더 커졌습니다. 이제 아가씨쯤 되는 나이로 보였습니다.

"하지만 꽃은 소금에 약하죠, 유키 아주머니?"

갑작스러운 수지의 질문에 유키 씨는 당황한 표정입니다. 수많은 사람 앞에서 의견을 말하는 건 이제껏 한 번도 없었던 일이거든요. 그렇지만 수지가 잘 아는군요. 유키 엄마는 꽃을 가꾸는 솜씨도, 그 꽃을 사용한 요리 실력도 일품입니다.

"맞아, 소금물을 화단에 부으면 식물은 모두 말라 버리지. 꽃도 소금 속에 넣어두면 수분이 모두 빠져서 건조된 상태로 보존할 수 있단다."

"아하, 소금 기둥을 만들려는 거구나!"

레이는 수지의 이야기를 누구보다 빨리 알아듣고, 눈을 번쩍 떴습니다.

"옛날 옛적에 마녀들은 전쟁 때 배신자 마녀를 소금 기둥으로 변신시켰죠?"

베테랑 마녀들이 거북한 표정으로 얼굴을 마주 보았습니다. 그건 지금 가장 하고 싶지 않은 이야기니까요. 특히 에이미네 집안 할머니들이 몹시 겸연쩍은 표정으로 우물쭈물했습니다. 그럼에도 수지는 그들을 향해 예의 바른 태도로 말했습니다.

"부탁이에요, 여러분. 그때 일을 떠올려서 소금 기둥을 만들어 주세요. 그것도 훨씬 크고 두껍게요. 돌의 마법은 이제 필요 없습니다. '바람의 마법'으로 소금물을 말려 주시기만 하면 되어요."

"우아!"

꼬마 마녀들이 탄성을 질렀습니다. 바람의 마법이라면 아직 마녀 학교에 다니지 않는 어린이 마녀도 부릴 수 있는 아주 간단한 마법입니다. 어디에나 있는 공기를 움직이기만 하면 되니까요. 회오리바람까지는 아니더라도, 산들바람쯤은 스즈 할머니처럼 하체가 약한 할머니 마녀도 손쉽게 부를 수 있을 겁니다.

"무에서 유를 낳는 건 어렵지만, 소금은 마리와 매들린이 벌써 이만큼 만들었어요. 우리는 소금을 녹여서 유리병 속에 부을게요. 마녀 여러분은 바람으로 소금 기둥을 말리는 작업만 부탁드립니다."

마을 어른들은 수지의 말솜씨에 깜짝 놀랐습니다. 누구 하나 적으로 돌리지 않고, 알기 쉬운 말로, 또렷하게 의사를 전달했으니까요. 이 정도면 마을 대표보다도 훨씬 리더답지 않나요? 다들 술렁술렁했고 마을 대표는 이러지도 저러지도 못한 채 쭈그려 있네요.

"부탁드려요. 마녀분들, 힘을 보태주세요."

레이도 잇달아 고개를 꾸벅 숙였습니다. 모모도 곧장 일어섰습니다.

"여러분, 부탁입니다. 이번이야말로 인간과 마녀가 진정한 의미에서 협력하여 평등을 이룰 때입니다. 다 같이 해보는 거예요. 이 마을을 지켜냅시다."

이럴 수가! 모모가 시시각각으로 나이를 먹고 있어요. 키뿐만 아니라 머리카락까지 자라고 있네요…….

모모의 말에 그웬돌린은 문득 깨달았습니다.

누구 한 명이 억지로 전부 다 떠맡지 않아도 되는구나. 다 같이 역할을 서로 조금씩 나누어 맡으면 돼. 한데, 그러려면 힘들 때 도와 달라고 말할 수 있는 용기가 필요할 겁니다. 그웬돌린은 쭉 자신이 용감하다고 생각해 왔지만, 정말 강한 마녀는 할 수 없는 것을 할 수 없다고 말할 수 있을 테지요.

"소금 기둥 속 꽃이라. 과연, 시도할 가치가 있겠어."

매들린이 지친 목소리로 말했습니다. 안 그래도 푹 꺼진 눈꺼풀이 반쯤 감겨서 당장이라도 다 덮일 것 같군요. 소금 때문인지 마치 매실 장아찌처럼 온몸이 쪼그라들어 보입니다.

"마음속으로 상상한 것을 있는 그대로 만들 수 있는 게 마녀라면, 수지도 마녀일지도 몰라……."

그웬돌린의 품속에서 마리가 잠긴 목소리로 중얼거리자, 수지가 활짝 웃으며 돌아보았습니다.

"마리, 칭찬은 고마운데 말이야, 나는 마녀가 아니야. 단지 천재일 뿐이지."

제8장

오늘은 모두의 기념일

이 주 후. 그리하여 돌꽃 축제, 아니 소금꽃 축제는 예정보다 상당히 미뤄졌지만 무사히 열렸습니다.

그날 마리는 머리카락과 눈동자를 새카맣게 하고 까만 드레스를 입었습니다. 별하늘 같은 아이섀도에 반짝이가 들어간 립스틱, 치렁치렁한 별똥별 액세서리로 꾸며서 지금까지 본 모습 중에서도 가장 화려하네요. 한껏 치장한 마리는 수많은 박쥐의 호위를 받으며, 둥실둥실 떠서 박수갈채와 함께 무대로 등장했습니다. 물론 마법으로 만든 박쥐가 아닌, 매들린 집에 사는 진짜 박쥐들이랍니다.

객석을 둘러보니 박쥐, 까마귀, 두꺼비가 몇십 년 만에 반려 정령으로 인정받은 덕분에 마을 구석구석이 반질반질한 검정과 미끈미끈한 녹색으로 칠해졌습니다. 끽끽, 깍깍, 꿀꿀, 활기가 넘치는군요.

마을 사람들은 거대한 민달팽이에 비하면 귀엽지 않냐며 단 며칠 만에 익숙해졌습니다. 참, 온 마을을 공포에 몰아넣은 민달팽이는 '피프케'라는 이름이 붙어서 지금 수지의 방에 있는 피클병 속에서 살고 있습니다.

짧은 시간 동안 많은 것이 바뀌었어요. 마녀에게 제대로 돈을 지급하는 동일 임금법이 마을 의회에서 통과되어, 마녀들이 예전처럼 가혹한 업무에 시달리지 않게 되었답니다. 축제를 둘러보면 여전히 검은 드레스에 모자를 쓴 멋진 마녀도 있지만, 매들린처럼 머릿결이 푸석푸석한 멋지지 않은 마녀도 있고, 멋지지도 않고 안 멋지지도 않고 아주 평범해서 인간과 구분되지 않는 마녀도 있습니다. 인간들도 마녀 복장을 해서인지 오늘따라 마녀가 늘어난 기분도 드는군요. 이게 다 수지의 리더십이 훌륭하기로 칭찬이 자자한 반면에, 마을 대표는 찬밥 신세가 되었기 때문입니다. 궁지에 몰린 대표는 더욱 열심히 일하여 수많은 법안을 한꺼번에 통과시켰습니다.

새해를 맞으면 이 마을 이름도 정식으로 '소금꽃 마을'로 바뀐다고 합니다.

처음에는 마리를 바라보는 객석의 시선이 몹시 미뻤습니다. 마리의 노력으로 마을이 위험에서 벗어나는 데다가, 마녀의 권리가 인정받았으니까요. 하지만 막상 노래가 시작되자 미묘한 분위기가 흘렀습니다.

민달팽이는 온종일 우웩

아무도 모르게 슬그머니 우웩

머리부터 꼬리까지 그득그득

녹색에 끈적끈적 냄새 나 우웩

다들 토를 뒤집어쓰고 우왕좌왕

우웨엑 토했더니 민달팽이가 두 마리 같네

'가사에 품위라곤 없네. 리듬도 전혀 안 맞아.'

마리의 품속에서 기타로 변한 마사치카는 손톱으로 마구잡이로 뜯기느라 너무 간지럽고 아팠습니다. 그저 이 무대가 빨리 끝나기만을 바라고 있었지요. 하지만 열창하는 마리는 자기만의 세계에 푹 빠져서, 관객들의 황당한 표정을 전혀 읽을 수 없었답니다.

이 순간을 영원히 마음에 새겨 두자. 마리는 머리꼭지부터 발끝까지 기쁨에 젖어 몸을 떨었습니다.

'아아, 살아 있어서 행복해. 축제가 열리는 마을에 태어나서 행복해. 내가 나라서 행복해.'

광장 한가운데 파르스름하게 반짝반짝한 소금 기둥 속으로 붉은 꽃이 어렴풋이 비쳐 보입니다. 가을 햇살을 받아 무척이나 아름답네요. 언제 꽃이 다시 눈을 뜰지 알 수 없지만, 그때도 다 같이 지혜를 모아 해결하면 됩니다. 무엇보다도 새로운 관광 명소로 엄청난 인기를 얻게 되어 축제는 작년보다 더욱 큰 성황을 이루었습니다.

마을 사람들은 광장을 새하얗게 만들었던 소금을 손으로 모아 소금물로 만든 뒤, 일주일 동안 병 속으로 옮겼습니다. 트랙터 다섯 대가 움직였을 뿐만 아니라, 마을 사람 모두가 빗자루와 쓰레받기를 가져와 기계가 닿지 않는 곳까지 꼼꼼하게 청소한 덕분에 소금을 모조리 쓸어 모을 수 있었답니다. 원형극장에 비닐이 깔리고 거대한 간이 수영장이 마련되었습니다. 모든 소금과 물을 그곳에 부었습니다. 이윽고 완성된 끈적끈적한 소금물을 길고 긴 호스로 빨아들여 잠자는 꽃이 갇힌 병 속에 모조리 들이부었습니다. 소금물을 부은 뒤에는 마녀들이 바람의 마법을 써서 소금을 빠르게 결정화했고, 베테랑 마녀들이 모여 새로 결계를 만들었습니다. 그러는 사이에도 바람의 마법으로 소금 기둥은 점점 더 견고하게 단단해졌지요. 아이디어를 낸 수지는 아까 축제 개막식에서 마을 대표로부터 표창을 받았답니다.

다들 소금 기둥을 만드느라 이리저리 동분서주하는 가운데 마리는 무엇을 했느냐고요?

완전히 기진맥진해서 매들린의 성 2층 남쪽 나라에서 매들린과 함께 해먹에 누워 쿨쿨 잠들어 있었답니다. 낮이고 밤이고 잠만 잤고, 여드렛날 되는 아침에서야 배가 고파 눈을 떴습니다. 거기서 유키 엄마가 맛있는 음식을 잔뜩 차려 주었고요.

김이 모락모락 나는 애플파이부터 버섯과 저민 고기 라자냐, 구즈베리 잼을 사이에 바른 버터 과자, 달걀프라이를 얹은 스파게티, 치즈가 용암처럼 흘러내리는 미트로프에 으깬 감자, 밤과 새우를 넣고 볶은 필래프, 그리고 크림소스에 조린 고기 완자와 콜리플라워까지. 마리와 매들린은 맛있는 음식을 입안 가득히 우적우적 먹기만 했답니다. 씹고 삼킬 때마다 피부와 머리카락이 윤기를 되찾았고, 몸은 둥글게 부풀어 올랐으며, 눈동자에 생기가 되돌아왔습니다.

"하아, 맛있었다. 유키 엄마가 해 주는 음식은 언제나 최고야."

여드레 만에 마리가 처음 내뱉은 말이었습니다. 그웬돌

린 엄마는 그제야 안심하고 마리를 안아 주었습니다. 잔뜩 먹어서 한층 포동포동해진 마리는 품속에서 고무공처럼 통통 튀어 올랐습니다.

"역시 많이 먹고 실컷 자는 게 제일이구나."

그웬돌린 엄마와 유키 엄마는 마음이 놓였습니다. 세계를 구하는 엄청난 힘을 가진 여자아이지만, 지금은 모두에게 도움이 되지 않아도 됩니다. 그냥 이렇게 구김살 없이 잘 자라기만을 바랄 뿐이에요.

"이 주 전에 그런 사건이 있었는데, 선곡이 좀 신중하지 못한 거 아닌가?"

마리의 노래를 듣고 마을 대표가 난처한 표정으로 말했지만, 그 목소리는 도중에 사그라들었습니다. 마을 대표의 입술이 민달팽이가 되어 버렸거든요. 근사한 망토를 입은 모모 할머니 옆에서 매들린이 지팡이를 휘두르며 깔깔거렸습니다.

프레츨과 도넛, 프랑크 소시지 등 매대에서는 군침이 도는 냄새가 흘러나오고 여기나 저기나 잔뜩 줄이 늘어섰습니다. 뭐니 뭐니 해도 가장 인기 있는 건 돌꽃 타코와 꽃을 띄운 포트와인을 파는 유키 씨의 가게입니다. 그웬돌린이 옆에서 함께 음식을 조리하고 손님을 맞았습니다. 마녀들도, 마을 사람들도 이제는 그웬돌린을 나무라지 않지만, 그웬돌린 스스로가 마법 금지 기간을 연장해 달라고 요청했습니다. 마녀 학교를 졸업한 뒤로 쉴 새 없이 일만 하며 달려왔으니까요. 태어나서 처음으로 사랑하는 사람과 매일매일 함께 시간을 보내는 나날이 그웬돌린의 마음속을 평온하게 채워 주었습니다.

무엇보다 유키 씨의 음식은 불타나게 팔렸답니다. 게다가 동일 임금법도 적용되면서 예언할 때보다 훨씬 많은 돈을 모을 수 있었습니다. 크리스마스부터 시작하는 도시락 가게도 틀림없이 큰 성황을 이룰 거예요. 그래서인지 그웬돌린은 예언을 들으러 오는 손님을 다시 만나는 날이 손꼽아 기다려집니다. 어쩌면 의외로 자기 일을 좋아했을지도 모르겠어요.

타코 꾸러미를 손님에게 건네는 유키 씨는 지난 이 주 동안 완전히 아주머니 마녀가 되었습니다. 얼굴에 새겨진 주름, 늘어진 볼살, 그리고 목주름을 유키 씨는 매일 아침 거울로 찬찬히 바라보았습니다. 이 얼마나 아름다운가요.

"마리는 노래를 진짜 못하는구나. 그러면서 사람들 앞에서 부르려는 생각을 잘도 해. 마리는 마을 구하기보다 그 깟 게 더 소중해?"

에이미는 어처구니없습니다. 하지만 약간은 마음이 놓이기도 했지요. 에이미는 솔직히 말해 마리가 싫다기보다 무서웠습니다. 저 아이만은 무슨 짓을 해도 사랑받고 인정받는 신비로운 힘이 있는 것만 같았거든요. 평소에는 게으르게 빈둥거려도, 마을이 위기에 처하면 어디서 나왔는지 엄청난 힘을 발휘해 이 마을의 영웅이 될 거라는 예감이 들었습니다. 그런 모습에 에이미는 자신의 마음이 짓밟혀 버릴까 봐 두려워하기도 했지요.

그러나 현실은 그렇지 않았습니다.

그렇다면 마을을 구한 영웅은 누구일까요? 그리고 돌

꽃, 아니 소금꽃 축제의 주인공은 누구일까요? 마리도 아니고, 수지 한 명도 아니고, 레이도, 매들린도, 모모 할머니도, 마녀들도 아니고, 인간도 아닙니다. 하지만 이대로도 괜찮지 않나요? 최고가 오직 한 명이 아닌 게 뭐 어때요.

괴상한 노래지만 당당하게 부르니 겨우 들을 만하듯이, 에이미도 하고 싶은 걸 용기 내서 해 보아도 괜찮을 겁니다. 아직은 그게 무엇인지 잘 모르겠고 찾을 수 없을지도 모르겠지만, 앞으로 찬찬히 생각해 보면 좋겠네요.

"그야 뭐, 뛰어난 노래라곤 할 수 없지만, 어딘가 색다른 구석도 있잖아. 왠지 입버릇처럼 흥얼거리게 되는 맛이 있달까? 아무튼 나는 좋아해."

옆에 앉은 수지는 생글생글 웃으며 안경 너머 눈을 가볍게 감고 마리의 목소리에 귀 기울였습니다.

"맞는 말이야. 저 정도 가창력으로 무대에 올라서려고 안달이고, 사람들 앞에서 끝까지 버티는 모습에 난 감동 먹었어."

레이는 레이대로 깎아내리는지 칭찬하는지 알 수 없는

말을 뱉었습니다. 에이미는 깜짝 놀랐습니다. 수지와 레이는 마리의 열성팬이어서 저 아이가 뭘 하든 칭찬을 아끼지 않을 거라 여겼거든요. 하지만 이렇게 느슨한 우정도 괜찮다면, 에이미도 의외로 이 아이들과 친하게 지낼 수 있을 것 같네요.

노래가 끝났는데도, 마리는 일부러 무대를 오락가락하며 조금이라도 박수를 더 받으려 내려오지 않고 있었습니다. 그 꼴을 보다 못한 모모 할머니가 무대로 올라가 손녀를 차분히 밀어냈습니다.

"다들 축제를 잘 즐기고 계신가요? 지난 이 주 동안 우리 마을은 큰 한 발짝을 내디뎠지요. 마녀 세계도 이제 변해야 합니다. 자, 그런 뜻에서, 마녀 학교 이사로서 중대한 발표를 하겠습니다."

망토를 펄럭이며 백발을 쓸어 넘기는 모모 할머니는 이제 누가 봐도 노인 마녀입니다. 게다가 이전보다 훨씬 더 위엄있고, 주름도 깊어졌으며, 나이가 들어 보였습니다. 저기 모모 할머니의 어깨에 위풍당당하게 앉아 있는 건 바로 할아버지 박쥐 지로네요.

"우리 마녀 학교는 어떤 아이든지 마녀가 되고 싶다면 적극적으로 입학을 허용하겠습니다. 물론 면접과 시험에 통과해야 한다는 조건이 있습니다. 아직 학교 방침이 확정되지 않은 부분도 있지만, 이 사실만큼은 결정되었습니다."

광장에서 우레와 같은 박수갈채가 터져 나왔습니다. 모모 할머니가 단상을 내려오자, 틈만 나면 다시 무대에 올라가려고 기회를 엿보고 있던 마리와 객석에 앉아 있던 레이가 달려왔습니다.

"모모 할머니, 고맙습니다."

레이는 눈이 새빨개졌습니다. 마리는 무척 흥겨운지 살랑살랑 춤을 추었습니다.

"어려진 할머니도 좋지만, 역시 나이 든 마녀가 제일 근사해!"

"다 마리한테 배운 거야. 마리처럼 진정으로 내가 하고 싶은 일을 제대로 찾아보기로 했단다."

모모 할머니는 이제야 깨달았습니다. 사실 오래전부터 쭉 이렇게 하기를 바랐지요. 자기보다 훨씬 어린 다음 세대의 여자아이가 더 자유롭게, 더 편안하게 살아갈 수 있는 세계가 이루어지기를요. 비로소 바른길로 들어선 기분입니다. 이제껏 놀지 못했던 시간은 앞으로 곁에 있을 가장 친한 친구와 천천히 되돌리면 되지요. 모모 할머니는 자랑스러운 듯 옆에 선 매들린의 손을 잡았습니다. 마녀는 오래오래 사니까 시간은 충분합니다.

레이와 마리는 서로 두 손을 맞잡고 소리쳤습니다.

"해냈다, 레이. 내후년에는 함께 마녀 학교에 다닐 수 있어!"

"정말 기뻐. 너랑 같은 교복을 입고 마법을 배울 수 있다니 꿈만 같아!"

'소금꽃 명예상' 메달을 목에 늘어트린 수지도 객석에서 달려와, 세 사람은 서로 끌어안고 하염없이 행복에 젖었답니다.

박쥐 모양 초롱불 하나, 또 다른 하나에 살구색 불이 들어왔습니다.

축제는 여전히 진행 중이었지만, 마리가 가장 기대한 것은 다름 아닌 이것입니다.

오늘 밤은 매들린의 성에 묵으며 다 같이 밤새도록 영화를 보기로 했거든요. 그웬돌린 엄마는 예언 일을 쉬고 있습니다. 학교도 축제로 인해 대체 휴일입니다. 그러니 가족끼리 마음껏 원하는 대로 잠을 잘 수 있었답니다. 매들린의 영화관에서는 최신부터 고전 작품까지 뭐든 원하는 만큼 감상할 수 있습니다. 물론 버터가 잔뜩 들어간 팝콘도 마음껏 먹을 수 있지요. 무엇보다 오늘은 모모 할머니가 난생처음 영화관에서 〈참견쟁이 마녀, 모모에게 맡겨 줘〉를 보는 밤이기도 합니다. 마리는 그리 흥미가 없는 영화였지만, 모모 할머니와 매들린, 레이와 수지와 함께한다니 가슴이 두근두근 뛰었습니다.

'뭐니 뭐니 해도, 영화는 언제나 좋으니까~.'

꼬마 마녀와 어린아이 들이 마리를 보자 모여들었습니다. 다들 〈민달팽이는 온종일 우웩〉을 부르며 손뼉을 치고 리듬에 맞춰 몸을 흔들며 춤췄습니다. 어른들은 받아들이기 어려운 노래지만, 어린이들은 의외로 마음에 쏙 드는 구석이 있나 봅니다. 기타에서 본모습으로 돌아온 마사치카가 어느 틈엔가 옆으로 다가와 꼬리를 살랑살랑 흔들고 있었습니다.

"이런 걸 좋아하는 꼬마들 감성은 괜찮나? 이 마을의 미래가 걱정이군."

늘 그렇듯 심술궂은 소리를 했지만, 마리는 황홀한 표정으로 대꾸했습니다.

"저기, 마사치카. 나 가수는 그만둘 생각이야. 방금 부른 노래를 마지막으로 해 볼 건 다해 봤어."

"오, 드디어 네 주제를 파악했구나!"

"아니, 나 말이야, 아무래도 가수는 이제 관둘래. 대신 유명한 영화배우가 될 거야! 내가 직접 각본도 써서 감독도 하고 싶어!!"

'아이고, 정말이지 못 말리는 반려 마녀야.'

마사치카는 몸을 둥글게 말았다가 마리의 어깨를 훌쩍 뛰어넘었습니다. 얼른 밤이 찾아오면 좋겠네요. 어서 혼자만의 시간을 가지며 오늘 겪은 것을 소설로 쓰고 싶어 견딜 수 없었으니까요.

참고 문헌

• 우다카 히로코, 『차콜라 씨의 비밀이 알고 싶어! 민달팽이 이야기』
  宇高寛子, チャコウラさんの秘密を知りたい! ナメクジの話(偕成社, 2022)

• 소년사진신문사, 『소금의 결정 : 사진을 보면서 누구나 할 수 있어 비주얼 판』
  少年写真新聞社, 塩の結晶 : 写真を見ながらだれでもできる ビジュアル版(1987)

작가 후기

저는 어릴 때부터 마녀를 무척 좋아했답니다. 도서관에서 마녀가 제목에 들어간 책은 무조건 다 읽었어요. 마법을 부리는 여자아이가 나오는 텔레비전 애니메이션에도 푹 빠져 있었고요. 학교에서 빗자루를 보기라도 하면 기어코 집어 타고, 외우고 있는 주문을 읊기도 했지요. 실제로 하늘을 날거나 마법을 쓴 적은 없는 채로 어른이 되었지만, 솔직히 말하면 지금도 포기하진 않았답니다. '오늘부터라도 마녀가 될 수 있으면 좋겠네~.' 하면서 계속 소원을 빌고 있어요. 이 책을 쓰면서 현역 마녀를 여럿 취재했습니다. 열심히 수련하면 나이와 상관없이 마녀를 할 수 있다는 사실을 알고 어찌나 가슴이 뛰던지요.

만약에 여러분 중에 귀가 솔깃한 사람이 있다면 마녀가 되는 법을 찾아보세요.

저는 먹보에 관심받는 걸 좋아해서 마법은 오로지 스스로를 위해, 그러니까 더 즐겁게 살기 위해 써야 한다고 생각해요. 혼자서 숲속에 틀어박혀 쓸쓸하게 사는 건 싫고, 스마트폰이나 편의점 없는 생활은 상상하기도 싫잖아요. 그냥 지금처럼 인간 세계에 잘 녹아들어 살 생각입니다. 아 참, 혹시라도 제가 마법을 부릴 줄 알게 되면 다들 깜짝 놀랄 테니까 미리 밝혀 둘게요. 열차 건널목 앞에서 좀처럼 차단기가 올라가지 않을 때는 빗자루를 타고 날아서 넘어가기도 하고, 밥하는 게 귀찮을 때는 주문 하나로 채소나 반죽을 공중에서 썰기도 하고, 불도 없이 어묵탕을 펄펄 끓일 거예요. 소설이 쓰기 싫을 때는 마감을 미루는 마법을 쓴 다음, 제 아이와 함께 구름 위로 날아올라 뒹굴뒹굴할 작정입니다. '마법을 쓸 수만 있다면 이럴 텐데, 저럴 텐데, 얼마나 좋을까.' 라고 생각한 것이 『마리는 멋진 마녀가 아니야』를 쓰게 된 계기랍니다.

　마법 이야기를 책으로 읽거나 애니메이션과 영화로 보면, 마법을 쓴다는 정체를 주위에 들키지 않아야 한다거나, 누군가를 행복하게 만들어야 한다거나, 세상을 구해야 한다는 둥 규칙이 엄청 많잖아요. 아직 꼬마 마녀인 마리에게 그런 걸

밀어붙이는 건 너무하지요. 남을 위해 자기 힘을 쓰는 건 훌륭하지만, 누가 시켜서 억지로 하면 안 되잖아요. 물론 저는 그런 작품도 좋아하고, 레이처럼 성실한 여자아이가 마녀가 되려고 열심히 노력하는 자세도 대단하다고 생각해요.

하지만 '이걸 하고 싶어, 저건 내키지 않는데, 오늘은 푹 자기만 할래, 배고프다, 추운 건 싫어.' 같이 여러분 마음속에서 끓어오르는 솔직한 기분은 단순해 보여도 아주아주 소중한 마법의 씨앗이랍니다. 부디 그 씨앗을 잘 간직해 주세요. 하늘을 날 수 없어도, 무엇이 내 마음을 크게 부풀게 만드는지 알고 있는 사람은 언젠가 정말정말 커다란 마법을 부릴 수 있을 테니까요.

이 책을 위해서

현역 마녀로서 감수하신 다니자키 루미 씨,

여러 조언을 해 주신 마도카 씨,

성소수자에 관한 감수를 맡으신 미키 나유타 씨,

한국어 관련 도움을 주신 오사나이 소노코 씨와 승미 씨께

감사를 전합니다.

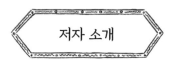

저자 소개

지은이 **유즈키 아사코**

1981년생. 대학 졸업 후 과자 회사에서 일하며 소설을 쓰기 시작했다. 2008년 『종점의 그 아이』로 올요미모노 신인상을 수상하며 데뷔한 후, 여성의 우정과 관계성을 주제로 꾸준히 작품 활동을 하고 있다. 2015년 『나일 퍼치의 여자들』로 야마모토 슈고로상과 고교생 나오키상을 수상했다. 그 밖에 소설 『앗코짱』 시리즈, 『서점의 다이아나』, 『버터』 등과 에세이 『우선 찻물을 올려 줘』 등 다수의 작품을 썼다. 이 책은 첫 아동 문학이다.

그린이 **사카구치 유카코**

교토조형예술대(현 교토예술대) 캐릭터 디자인학과 졸업. 일러스트레이터로 활동하며 그림책, 아동 문학 표지 및 삽화, 과자 패키지 및 광고 등 다양한 작업을 하고 있다. 함께 사는 하얀 고양이를 모델로 한 그림책 『어딨니, 어딨니, 케다마야』가 있다. 난생처음으로 품은 꿈은 인어나 마녀였다. 좋아하는 판타지 세계에 푹 빠진 것을 계기로 그림 그리기가 즐거워졌다.

옮긴이 **정수윤**

경희대를 졸업하고 와세다대 문학연구과에서 석사학위를 받았다.
동화 『모기 소녀』, 소설 『파도의 아이들』, 에세이 『날마다 고독
한 날』을 썼다. 『나쓰코의 모험』, 『도련님』, 『물망초』, 『봄과 아수
라』, 『지구에 아로새겨진』 등 다수의 작품을 우리말로 옮겼다. 인
왕산 아래 작업실에서 강아지 '연필'과 함께 달과 별과 글 사이를
날아다니고 있다.

글 유즈키 아사코

그림 사카구치 유카코

옮김 정수윤

초판 1쇄 인쇄 2024년 12월 3일

초판 1쇄 발행 2024년 12월 23일

펴낸이 김영곤

책임편집 우경진 **디자인** 박숙희

프로젝트2팀 김은영 이은영 권정화 우경진 오지애 김지수

아동마케팅 장철용 양슬기 명인수 손용우 최윤아 송혜수 이주은

영업 변유경 김영남 강경남 황성진 김도연 권채영 전연우 최유성

해외기획 최연순 소은선 홍희정 **제작** 이영민 권경민

펴낸곳 ㈜북이십일 을파소

출판등록 2000년 5월 6일 제406-2003-061호

주소 (10881) 경기도 파주시 회동길 201(문발동)

대표전화 031-955-2100 **팩스** 031-955-2177

ISBN 979-11-7117-903-9 73830

* 책값은 뒤표지에 있습니다.

* 이 책 내용의 일부 또는 전부를 재사용하려면 반드시 ㈜북이십일의 동의를 얻어야 합니다.

* 잘못 만들어진 책은 구입하신 서점에서 교환해 드립니다.

• 제조사명: ㈜북이십일

• 주소 및 전화번호: 경기도 파주시 회동길 201(문발동) / 031-955-2100

• 제조연월: 2024.12.23.

• 제조국명: 대한민국

• 사용연령: 5세 이상 어린이 제품